漢語語言學

謝雲飛　著

臺灣 學生書局 印行

序　言

　　我的孫女是在美國出生的，依照美國的法律規定，她一定是美國人。

　　她在美國長大，在美國讀書，大學畢業後，她想當教師，要在美國教中文。我覺得這很難得，一個美國人，她願意為推行中華文化盡力，這是一件大事，是一個很值得鼓勵的高尚情操。我得幫助她，希望她能順利地完成心願，因此我為她編了這本簡明易懂的《漢語語言學》，給她作參考書。我以八十二高齡的矇矓雙眼，花了近半年的時間，利用最新的語言學理論，完成了這本特具意義的參考書，內心滿懷喜悅，自覺這是我退休以來最具意義的一個志願工作，很希望我的孫女會珍惜它、善用它。

西元二〇一〇年元月二十日謝雲飛自序

漢語語言學

目　次

壹、概　述

一、語言的定義

　　語言就是人所說的話，是人們相互間用以交通意見和思想的一種工具。

　　語言分廣義的（broad definition）語言和狹義（narrow definition or specific）的語言兩大類。廣義的語言如旗語、手語、打鐘、吹號、警報器、五線譜、電報符號、使用眼色、各種記號等等都是的。狹義的語言只單指人們口中所說的「話」和寫在紙上的「文字」，我們這裡只討論狹義的語言。

　　不同的民族便有不同的語言，不論哪種語言，不管如何地不同，凡是用口腔的聲音表達的稱之為「口頭語」（spoken language）；而寫在紙上的則稱之為「書面語」（written language）。

二、書面語的種類

概括地說：有象形（pictographs）文字和拼音（alphabetic writing）文字兩大類。而所謂的「象形」，也不完全是圖繪世界上所有的物像，多數是象徵性地畫一個大概；有些則是畫一些抽象的符號來表示那些無法具像的虛無概念。因為文字的功用，只在用符號把語言的含義記錄下來，所以最早的書寫符號是利用類似圖畫的東西，用圖畫形式的文字來傳送資訊、描述或記錄世間所發生的事情。最早的文字書寫系統，都是由代表語詞的「詞符（logogram）」所組成的，如古埃及的象形文字、中國的漢字都是如此的；接著下來的下一階段，因為圖畫能畫的東西非常有限，所以就漸漸地形成許多代表音節（syllable）的抽象符號，如美索不達米亞的楔形文字、閃米特語言西支的音節文字（syllabary）、日本語的假名等都是的；最後一階段則是趨向於以語音的最小單位——「音素（phone）」來訂出「字母（letter）」，而以語音符號來表達語言。所以，說到書面語的種類，除前述的象形文字之外，又有各種不同的音節文字，而到字母音素之後，各語族因所用的「音素符號」之異，又自有其不同的書面語形式。

三、漢語的環境

　　漢語是中國各族諸多語言中的一種，中國有許多不同的民族，各族都有他們自己的語言，而各族語言都不相同；中國是一個非常大的國家，在許許多多不同的民族當中，以漢族為最大，人口最多，差不多百分之八十以上都是漢族人，所以，中國的政府就選定了漢語為全國的通用語。但因為中國的幅員太廣大、人口太多，就單單是漢語吧，也有很多不同的「方言（dialect）」，因此就不得不選定一種比較普及、易學、易被大眾接受的方言來作全面性的推行。

四、漢語的名稱含義

　　根據相當可靠的資料看來，漢語至少已有五千年以上的歷史了，因為時間長久遷延的結果，不同時代的漢語都在不斷地變遷，無論是口頭語或書面語，時代越久，差異也就越大。從空間上來說：因為中國地方之大，加上歷代的變遷，各地的方言，其差別之大，幾乎形成無法溝通、無法互相聽懂的程度。因此，不同類型的漢語名義，我們必須在此作一個簡明的界說：

(一)古代漢語

　　根據研究漢語歷史的中國聲韻學家們的考證，約略可分為

「上古漢語」、「中古漢語」、「近古漢語」、「近代漢語」、「現代漢語」五個類型。本書以介紹現代漢語的「普通話」為主題，所以，各時期的古代漢語就不作深入的探討了。

(二)現代漢語

因為分佈的地區十分廣大，漢語的方言非常地複雜，在學術研究上特別具有區分意義的，約略有「北方官話」、「吳語」、「福州話」、「客家話」、「廣州話」、「廈門話」、「越南東京方言」、「江淮方言」、「西南方言」、「兩湖方言」等幾個大類型。本書以介紹現代漢語中「普遍通行」的「漢語普通話」為主題，所以，各種不同的「方言」也就不加論述了。

(三)漢語普通話

中國的疆域非常大，人民的種族多達五十六個，如果各民族都各自使用本族語言的話，根本就無法互相溝通意見；就單以漢族所使用的漢語來說，各地的方言差別也使得相互之間形成「聽不懂」、「無法互相溝通」的局面。因此從一個大國的政令傳播、人民交往、教育推行、國民團結來說，都必須選出一種大家都能使用的共同語言來。經過許多專家的調查、歸納、分析、研究，於是挑選出以「北方官話」為主體的「北京語音系統」來作全國共同使用的通行語，在 1949 年以前的「中華民國」政府時期稱之為「國語」，到 1949 年之後，中共的人民政府則稱之為

「普通話」。以現代的世界各地對「漢語普通話」的稱呼或介紹
來說，你很可能隨時會聽到「speak Chinese」、「speak
Mandarin」的名稱，那是因為中國很大，能代表全中國共通語言
的話，自然只有「普通話」了，所以你聽到的「speak Chinese」
當中的「Chinese」自然是指「普通話」嚕；至於說
「Mandarin」嘛，則是因為以前滿清時期，大家都稱滿清皇朝的
官員為「滿大人」，因此稱他們的語言也叫「Mandarin」，而這
個語言正是現代在普遍通用的「普通話」，所以你要是聽到人們
稱「Mandarin」的話，也就指的是「普通話」。

五、「普通話」採用北京音系的原因

　　王玉川先生在他的《我的國語論文集》中〈注音符號可以幫
助國字統一國語〉那篇論文裡提出五點理由，他認為是因為：

㈠音素簡易

　　北京話只有廿一個聲母，十六個韻母，四個聲調，比漢語的
其他方言易學。（本書作者按：若以基本「音位 phoneme」來
說，只有 p、t、k、m、n、ŋ、f、l、x、ç、ʂ、ʐ、s、i、u、y、
a、o、ə、e、ï、ɚ 等廿二個音素單位，再加一個「送氣」和四個
「聲調」而已。）

(二)長期建都

北京自遼、金、元、明、清一直到如今，中間除了明代初年及國民政府的三十餘年建都南京以外，一千餘年以來都是以北京為首都的，長期的建都，便促使當地及其周圍一帶的語言形成了「官話」的資格，影響之下，使全中國的人都比較聽得懂。

(三)白話文學作品的影響

近世逾千年來興起許多白話小說和戲曲，而這些作品都是膾炙人口的，大部分是用北方的官話寫成的，到了民國以後，興起五四運動，更明白地提倡白話文，而所用的所謂「白話」，也就是當時的北平話。

(四)北方官話的通行區域廣

北京音系是北方官話的代表，即使遠一點的東北、江淮、大西南，也都大致可通。

(五)簡字運動的影響

清光緒廿六年，王照作「官話字母」；光緒三十三年勞乃宣再依王氏字母改訂為「京音簡字」，這套發音系統是以北京音為準則的，也促成了語言界的接受意願。

六、普通話依據的是「北京音系」
而不是「方言俚語」

　　多年以來所通行的「中華民國國語」，也就是中共所稱的「普通話」，是以「北京音系」作為發音標準的。這一套發音標準，於民國十三年二十一日由當時的「國語統一委員會」通過，並公佈向全國推行實施。雖然所用的看似一地之方言，但當時特別叮嚀：推行的詞彙必須以全國通用的詞語為準，而且要合乎中等學校以上的典雅準則，俚語鄙詞，鄉野粗話，不可搬入國語來推行使用。

　　民國二十一年四月二十八日「國語統一籌備委員會」具文請教育部公佈《國音常用字彙》，文中說：

　　民國二年，前「讀音統一會」議決審定六千五百餘字之國音，業經本會於民國八、九兩年增廣，並校改為《國音字典》，由大部於九年十二月二十四日公佈在案。查此項《國音字典》通行至今，已逾十年；全國教科注音，一以此書所定讀音為標準。唯十年以來，本會廣諮博訪，拾補闕遺，謂宜增修，得兩原則：一則標準地方應予指定，免致語言教學諸多困難；一則聲調標號應行加入，免致字音傳習竟涉朦朧。故民國十二年本會第五次大會時，即組織「國音字典增修委員會」，逐字審改。旋以政局不寧，中經停滯。迄民國十七年，本會奉令改組後，一面成立「中國大辭典編纂處」重修《國音字典》；一面選定普通常用

諸字，改編《國音常用字彙》一書。前書囊括古今，正事蒐集；後書則專便應用，刻已觀成。其於第一原則，則指定北平地方為國音之標準；所謂標準，乃取其現代之音系，而非字字必遵其土音；南北習慣，宜有通融，仍加斟酌，俾無滯礙。是與民國九年〈國音字典公佈文〉中所言「要在使人人咸能發此公共之國音，但求其能通詞達意。彼此共喻」者，其旨趣固為一貫。且前公佈文中已謂「《國音字典》所注之音，什九以上與北京音不期而暗合」，則今茲所改，其字數抑又無多，不過明示標準地方，俾語言教學上能獲具體的模範而已……。

在前述的這個公文裡，把明定北京音系為遵循的標準音，把原因與理由已經說得很清楚了。最重要的一點是：語言的教學與推廣，不能憑空捏造，必須落實到一個正在使用的「活語言」區域當中去，以那一個區域中大家「正在使用」的語言來作為推廣和學習的標的，才能施展得開推廣與教學的力量，否則，向壁虛造，哪能行得通？所以，漢語普通話的標準是以北京語的發音為準，是不必存任何疑問的。

貳、漢語的三大領域

一、文字學

(一)漢語文字之起源

1.起源於結繩

相傳漢族人在沒有文字之前,是用結繩的方法來記憶事情的,在古書中有幾條記述,那就是:

《易經》〈繫辭傳下〉:「上古結繩而治,後世聖人易之以書契。」

《史記》〈三皇本紀〉:「造書契以代結繩之政。」

《莊子》〈胠篋〉:「子獨不知至德之世乎?昔者,容成氏、大庭氏、伯皇氏、中央氏、栗陸氏、驪畜氏、軒轅氏、赫胥氏、尊盧氏、祝融氏、伏戲氏、神農氏,當是時也,民結繩而用之。」

東漢許慎的《說文解字》序文中也說:「及神農氏,結繩為

治而統其事。」

清代段玉裁的《說文解字注》解釋許慎那句話說：「謂自庖犧氏以前及庖犧氏及神農皆結繩為治而統其事也。」

有關結繩的方法，當今能查到的一點點資料，只有魏朝王弼的《周易正義》引到漢代鄭玄的《周易注》說：「事大，大結其繩；事小，小結其繩。」

唐代李鼎祚《周易集解》引漢代《九家易》的話說：「古者無文字，其有約誓之事，事大，大其繩；事小，小其繩。結之多少，隨物眾寡，各執以考，亦足以相治也。」

近人劉師培《小學發微》云：「結繩之字，已不可考，然觀一二三等字，皆係結繩時代文字之遺。」

近人林勝邦《涉史餘撮》云：「琉球所用之結繩，分指示會意二種，凡物品交換，租稅賦納，用以記數者，則為指示類；使役人伕，防護田園，用以示意者，則為會意類。其材料多用藤蔓、草莖或樹葉等，今其民尚有此法者。」

近人嚴如煜《苗疆風俗考》云：「苗民不知文字，性善記，懼有忘，則結於繩。」

近人許地山《文字研究》云：「臺灣生番亦用結繩之法。」

2.起源於書契

「書契」的「書」，上半部的「聿」，在六千年的早期陶文中寫作「聿」，上頭的「彐」像一隻手，手中持的「◇」是一根樹枝；「書」字下半部的「曰」，在篆書中作「者」，是形聲

字的「聲符」，可是在早期陶文裡卻是「意符」，寫作「∞」或「×」；整個字的含義是「一隻手拿著一根樹枝在沙土上寫下幫助記憶的線劃形符號」，那就是漢民族人最初在孕育中的早期文字。

「書契」的「契」則是「雙手持刀在木頭上刻劃」的意思，「丰」或作「丯」形，中間的「｜」是代表一塊木頭，「彡」或「三」則是表示是用刻刀所刻劃出來的符號；「契」字的右上角是一個「刀」字，也就是用以刻劃的「刀」；「契」字下半的「大」，是從「廾」變出來的，「廾」篆文寫作「𦥑」，像人的左右兩隻手；早期沒有文字，只用簡單的刻劃符號來幫助記憶。

以下是古籍中有關「書契」的一些說法：

《易經》〈繫辭下〉說：「上古結繩而治，後世聖人易之以書契。」

偽孔安國〈尚書序〉說：「古者伏犧氏之王天下也，始畫八卦、造書契，以代結繩之政，由是文籍生焉。」

蔣伯潛先生《文字學纂要》：「書契必在結繩之後，而伏羲之所謂書契，蓋非文字也。」

「契」下面的「廾」東漢時期也寫作「木」，是「用刀在刻劃木頭」的意思。東漢劉熙《釋名》云：「絜，刻也，刻識其數也。」

《墨子》〈公孟〉篇云：「是數人之齒而以為富。」清俞樾

《諸子平義》云：「齒者，契之齒也。古者刻竹木以記數，其刻處如齒，《易林》所謂『符左契右，相與合齒』是也。《列子》〈說符〉篇『宋人有遊於道，得人遺契者，歸而藏之，密數其齒，曰：吾富可待矣！』此正數人之齒以為富者。」「齒」即刻劃之痕跡，是把賺來的財物一五一十地用「刻劃」記錄下來的意思。

陸次雲《峒谿纖志》云：「木契者，刻木為符，以志事也。苗人雖有文字，不能皆習，故每有事，刻木記之，以為後信之驗。」

諸匡鼎《猺獞傳》亦云：「刻木為齒，與人交易，謂之打木格。」

方亨咸《苗俗紀聞》云：「俗無文契，凡稱貨交易，刻木為信，未嘗有渝者，或一刻，或數刻，以多少遠近不同，分為二，各執其一，如約時合之若符節然。」

「書」為初民手畫之「線劃」，不能算是文字；「契」為初民於木頭上之「刻劃」，也算不上是文字；則遠古所謂之「書契」，是不是和文字的起源有密切關連，就不容易肯定了。

3.起源於八卦

也有些人說漢字是起源於八卦的，《易》〈繫辭傳〉云：「古者，庖犧氏之王天下也，仰則觀象於天，俯則觀法於地，觀鳥獸之文與地之宜，近取諸身，遠取諸物，於是始作八卦，以通神明之德，以類萬物之情。」

　　西漢末年出現一種「緯書」，語多預言之類，其中一冊叫《乾鑿度》的，是屬於《易經》類的緯書，其中有提到：認為「八卦」就是上古的文字，書中以為：☰（乾）為古文「天」字，☷（坤）為古文「地」字，☴（巽）為古文「風」字，☳（震）為古文「山」字，☵（坎）為古文「水」字，☲（離）為古文「火」字，☶（艮）為古文「雷」字，☱（兌）為古文「澤」字。

　　緯書的說法，自來就被人們視為旁門左道的，所以，其中的言論也就很難取信了。

4.起源於河圖洛書

　　所謂的「河圖」，是一種傳說，說上古的時候，有一種水怪，從黃河的深水之中馱上來一種「圖像」，這種圖像就是最早起源的漢字。又有一種傳說，傳說中稱之為「洛書」，說是有水怪從洛水深處浮上來，背上馱著一些奇異的古書，這些書中的文字，就是最早起源的漢字。

　　以下是一些古書中有關「河圖」「洛書」的記載：

　　《易經》〈繫辭傳〉云：「河出圖，洛出書，聖人則之。」

　　《禮記》〈禮運〉云：「山出器車，河出馬圖。」

　　《尚書》〈顧命〉記述喪禮之陳設，亦云：「河圖在東序。」

　　《論語》云：「鳳鳥不至，河不出圖，吾已矣夫！」

　　至於古書記述水怪的模樣，則是馬、魚、龍：

《挺佐輔》云：「黃帝遊翠媯之川，有大魚出，魚沒而圖現。」

《尚書》〈中侯〉云：「伯禹觀於河，有長人，魚身，出，曰：『河精也』。授禹圖，蹻入淵。」

《春秋說題詞》云：「河龍圖發。」

而說這些「圖」和「書」的出現則是，有些明言時代，有些不言時代，有些說是黃帝之世，有些說是大禹之際，或者伏羲之時，很明顯地，都只是傳說之詞，應是無有實據可考的。傳言云：

《河圖玉版》云：「蒼頡為帝，南巡狩，發陽虛之山，臨於元扈洛洞之水，靈龜負書，丹甲青文，以授之。」

《孝經援神契》云：「洛龜曜書，垂萌畫字。」

《竹書紀年》云：「黃帝軒轅氏五十年秋七月，龍圖出河，龜書出洛，赤文篆字，以授軒轅。」

《水經注》云：「黃帝東巡河，過洛，修壇沉璧，受龍圖於河，龜書於洛，赤文篆字。」

《禮緯含文嘉》云：「伏羲德含上下，天應以鳥獸文章，地應以河圖洛書，乃則象而作易。」

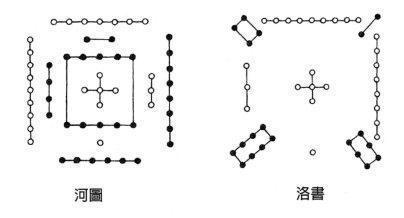

河圖　　　　　　　洛書

5.起源於甲子

也有些人認為漢字是起源於「甲子干支」的，《鶡冠子》〈近迭〉云：「蒼頡作書，法從甲子。」鶡冠子當中的這句話，就引發了人們以為「甲子」為漢字起源的說法，那麼，甚麼是甲子呢？原來古代有所謂「天干」和「地支」的，天干有十個代字，那就是「甲、乙、丙、丁、戊、己、庚、辛、壬、癸」而「甲」為十天干之首；「地支」有十二個代字，那是「子、丑、寅、卯、辰、巳、午、未、申、酉、戌、亥」，而「子」為十二地支之首。如若按照這一次序兩相配合，依次按「甲子」、「乙丑」、「丙寅」……這樣組合下去，便可組成六十組而不會有相同的兩個字出現，可是到第六十一組開始，又是「甲子」、「乙丑」、「丙寅」……另一回合開始新的組合了。這「天干」和「地支」以前人稱之為「干支」，以「干支」相配而組合出來的

六十組代字，人們稱之為「六十甲子」，而簡稱為「甲子」，古人是用來紀年的。

根據宋代劉恕的《通鑑外紀》所言，早在「天皇氏」時代已創有這十二字的干支了。事實上這二十二字都是有各自的本義的，根本與「甲子」紀年這件事毫無關係，其用為「干支紀年」，只是借用而已，干支的意義與這二十二個字的本義是完全不相關的。

干支二十二字既非本義，這二十二字必非最早起源的文字，自然是很明顯的事；況且「甲子為漢字起源」的說法，原本於《鶡冠子》，清代姚際恆寫了一本《古今偽書考》，《鶡冠子》就列在他的「古今偽書」當中，那麼，這種偽書中的說法，我們自然沒有理由去相信它了。

6.起源於圖畫

漢字號稱為「象形文字」，但它的形像與實際的圖畫相比，差別是非常之大的。文字是表現語言的一種符號，為了要真確地記錄語言，在文字的形體之中是蘊含著「音」和「義」的，象形文字雖然在它們最初發生時，其中的一部分，可能是因受「圖畫」之啟發而創制出來的，但到了用作紀錄語言之後，便完全不同了。紀錄語言的「書面語」，只是一種單純的符號，有許多符號甚至只有「約定俗成」的音和義，如若不曾學習過那一特定社群的語言的人，是根本不可能明白那個文字的含義的。圖畫則不同，你畫一棵樹、一隻鳥、一座房子，不管你是哪個民族、哪個

國度、哪個社群的人，都會一眼就看出來那是一棵樹、一隻鳥、一座房子的。而且，象圖畫的文字符號，它們的形體尺寸大小是完全相同的，筆劃則全是線劃狀的結構；而真實的圖畫則是大小有其一定的比率的，山一定比房子大，人一定比房子小，不僅如此，甚且還有遠近廣袤等一些「透視學」上的問題。所以，無論如何，象形文字與圖畫基本上就是差別很大的。

所以，我們也許可以說：「象形文字」是受「圖畫」繪作的啟發而產生的；但不可武斷地確認「象形文字」是從「圖畫」演變發展出來的。

在 1952 年那時候，教我的一位「甲骨文」老師董作賓先生，他從古代的鐘鼎石碣裡，蒐集了一些類似古代「象形文字」的圖繪，薈萃列集，分別製成兩個圖表，第一圖是可以找出相應的「甲骨文」，可資比證的；第二圖是沒有甲骨文可以對應的。圖如下：

（第一圖）

（第二圖）

這類圖繪，可以視為「象形文字」的濫觴，但不是真正的文字，近人華學涑《華夏文字變遷表》稱之為「古象」，排列在「甲骨文」之前，尚未脫離圖繪的境界。這種東西，是「甲骨文」之前的產物，但有很多是刻繪在商周銅器銘文之末尾的，在出現的時間上來說，卻比甲骨文晚很多，它們不是文字，而是當時各部落用以代表部落血統的標誌，美洲土人稱之為「totem」的那種民族徽誌。它們的形狀，尚未脫離純圖畫之境。當我們看了這些圖繪，就可明白它們與象形文字有相當密切的關係了。

除前述的那些圖繪以外，在漢語書面語的上古資料裡面，於今可見的最早漢字，便是殷商時代的「甲骨文」，但這種文字已

演變得十分成熟，純然已成書面語言，絕非是原始的文字了。下列二圖，第一圖為具有歷史淵源的「甲骨文」，第二圖為歷史甚淺的「麼娑文」，「麼娑族」是在中國雲南麗江的一個少數民族，至今尚在運用著他們這種不太成熟的文字。（見下圖）

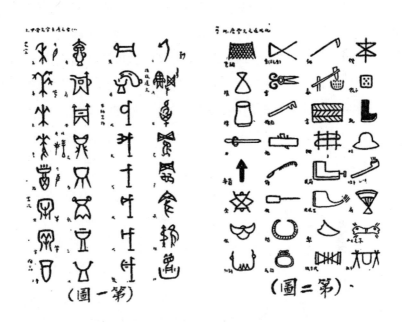

中美洲的馬雅族（Maya）也有類似的文字，如以「🍃」為「葉」字，以「ᨇ」為「城」字；在《尚書》中有一個很常見的詞彙「翼日」，其中的「翼」字在甲骨文中寫作「」或「」，前一字是「從日葉聲」，後一字則是借用「葉」作為「翼」字用；甲骨文中的「垣」字寫作「𡇬」，鐘鼎文則寫作

「 」或「 」，和馬雅族文字相比，可以說是大同而小異的。「旦」字從「日」出「地平線」上，甲骨文寫作「 」，和美國蘇必略湖附近的印第安人「奧傑布哇族」（Ojibwa 或 Chippewa）文字的「 」相近；「雨」字甲骨文作「 」和地中海「克里特人」（Crete）文字的「 」相類。從這些例子可以看出「圖畫確實是象形文字之濫觴」，不僅在中國如此，全世界都是如此的。從前一位教過我甲骨文的教授董作賓先生，曾列舉了一些「麼娑文字」及「埃及文」「甲骨文」描述相同事物的，相與印證比較，頗能明示圖畫為文字濫觴的現象，其中也可很明白地看出來，甲骨文確實是比其他兩種文字成熟得多了。（見下圖）

（第三圖）

日 月 門 耤 弓 矢 絲 斧

（第四圖）

家 監 城 禽 爵 樂 衣 葬

（第五圖）

犬 馬 牛 羊 豕 象 豕 鼠

（第六圖）

魚 蛇 秋 萬 宿 疾 夢 死

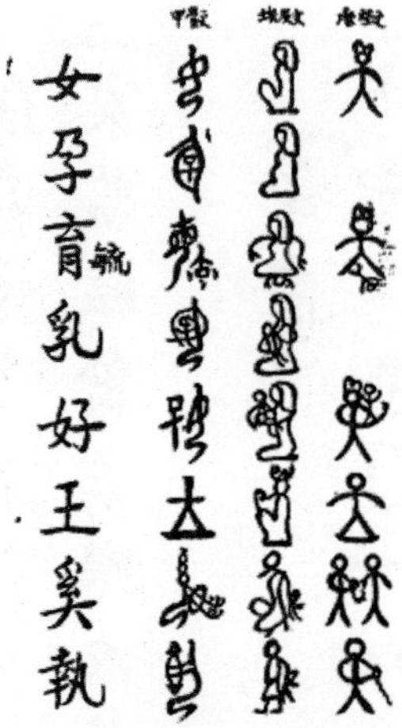

（第七圖）

㈡漢字為何人所創造

1.伏羲

《尚書》〈偽孔安國序〉云：「古者，庖犧氏之王天下也，始畫八卦，造書契，以代結繩之政，由是文籍生焉。伏犧、神農、黃帝之書，謂之三墳，少昊、顓頊、高辛、唐、虞之書，謂之五典，言常道也。」此一說法，在前文提到〈偽孔序〉時已有明辯，偽書的資料自然不足採信。

2.朱襄

《古三墳》云：「伏羲始畫八卦，命臣飛龍氏造六書。」

《帝王世紀》云：「伏羲命朱襄為飛龍氏。」

從前列的兩句話看來，似乎古代創文字的人是伏羲之臣朱襄。但現存的三墳託名晉代阮咸作注，明知是一本偽書，應該是不可信的。至於真的《三墳》，是否果有其書，也無從稽考；「三墳」之名，最早見於《左傳》，晉代杜預注云：「三墳，古書。」漢代賈逵說「三墳」為「三王之書」；東漢張衡則說「三墳」就是「三禮」，並解釋說「墳者，禮之大防。」古代究竟有無三墳這本書，都令人起疑，至於「創造六書」之說，那就根本無由可信了。

3.沮誦、蒼頡

《世本》〈作篇〉云：「沮誦、蒼頡作書。」晉衛恆《四體書勢》云：「昔在黃帝，有沮誦、蒼頡者，始作書契。」

《太平御覽》宋衷〈世本注〉亦云：「沮誦、蒼頡，黃帝之史官。」

《世本》相傳是一本古書，也傳說是左丘明作的，書倒是在漢代就出現了，可並不知作者為何人，而沮誦這個人更是無自以考，因此「沮誦作書」這個說法，便不能證明什麼了。到了元代，胡一桂作《十七史纂古今通要》說到〈黃帝〉時云：「……又建左右史官，蒼頡、沮誦實當其任，始作鳥跡篆，為之曰字。」大約也是據《世本》、《四體書勢》等言立說的，沮誦這個人物尚且可疑，「作書」之說，也就不必深究了。

4.梵、佉盧、蒼頡

《法苑珠林》云：「造書三人，長曰梵，其書右行；次曰佉

盧，其書左行；少者蒼頡，其書下行。」又曰：「梵、佉盧居於天竺，黃史蒼頡，居於中夏。」

《法苑珠林》為唐代的唐道世所纂，其所謂的「蒼頡作書」的說法，也只是根據歷來的傳言而立說的；至於把蒼頡和印度人扯在一起，且套上一個「長、次、少」的次序，就不免「不倫不類」胡說八道了。

5.蒼頡（古書中「蒼」或寫作「倉」，都是可以的。）

(1)古書中見到的蒼頡作書說

(A)見於戰國及漢初書中的：

《荀子》〈解蔽〉云：「好書者眾矣，而倉頡獨傳者一也。」

《呂氏春秋》〈君守〉云：「奚仲作車，蒼頡作書。」

《韓非子》〈五蠹〉云：「古者倉頡之作書也，自環者謂之厶，背厶謂之公。」

《世本》〈作篇〉云：「沮誦、蒼頡作書。」

李斯《倉頡篇》云：「倉頡作書，以教後詣。」

《淮南子》〈修務訓〉及〈本經訓〉云：「昔者，倉頡作書，而天雨粟，鬼夜哭。」

(B)東漢以後有關蒼頡之傳說：

王充《論衡》〈骨相〉篇云：「蒼頡四目。」〈譏日〉篇則云：「蒼頡以丙日死。」〈感類〉篇則云：「蒼頡起鳥跡。」

《皇覽》〈塚墓記〉更有蒼頡墳墓之所在。

《法苑珠林》云：「……少者倉頡，其書下行……黃史倉頡居於中夏，梵、佉盧取法於淨天，倉頡因於鳥跡，文畫誠異，傳理則同。」

⑵倉頡、史皇是否同為一人

(A)史皇作圖說：《呂氏春秋》〈勿躬〉篇云：「大撓作甲子，黔如作歲首，容成作曆，羲和作占日……史皇作圖。」

《昭明文選》〈貴妃誄注〉引《世本》也說：「史皇作圖。」

《藝文類聚》引《世本》則云：「史皇作畫。」

(B)高誘注《淮南子》始以史皇為蒼頡：《淮南子》〈修務訓〉云：「史皇產而能作書。」高注：「史皇倉頡，生而見鳥跡，知著書，號曰史皇，或曰頡皇。」

(C)近人唐蘭則認為史皇與倉頡為二人：唐氏《中國文字學》〈文字的發生〉云：「文選貴妃誄引世本也說：『史皇作圖』，這和『倉頡作書』本截然是兩回事情。可是淮南子修務訓說：『史皇產而能書』，把『圖』變成了『書』，注家隨文生義，所以高誘說：『史皇倉頡，生而見鳥跡，知著書，號曰史皇，或頡皇。』把『史皇』和『倉頡』就混而為一了。其實淮南子這個『書』字是錯字，應當作『畫』，周禮外史引世本『倉頡作文字』，是用『文字』來解釋『書』，藝文類聚引世本『史皇作畫』，是用『畫』來解釋『圖』，可以為證。淮南子下文又說：『昔者倉頡作書，容成造曆，胡曹為衣，后稷耕稼，儀狄作酒，

奚仲為車。』可見他沒有把『史皇』當作『倉頡』，只是把『畫』錯成『書』，給注家誤會了，糾纏了一千七百年，沒有人能校正，是很可怪的。」

(D)我的老師高仲華先生以為：年代久遠，無從細考，書畫原無大別，因為古文本為象形文字，言書言畫，也是各憑所便而論之，區別本是不大的。

(3)倉頡之時代說

(A)唐孔穎達《尚書正義》云：「蒼頡，說者不同，故世本云『蒼頡作書』，司馬遷、班固、韋誕、宋衷、傅玄皆云『蒼頡，黃帝之史官也』。崔瑗、曹植、蔡邕、索靖皆直云『古之王也』，徐整云『在神農、黃帝之間』，譙周云『在炎帝之世』，衛氏云『當在庖犧、蒼帝之世』，慎到云『在庖犧之前』，張揖云『蒼頡為帝王，生於禪通之紀』，其年代莫之能定。」

(B)許慎《說文解字》〈序〉云：「黃帝之史倉頡，見鳥獸蹄迒之跡，知分理之可相別異也，而造書契。」又云：「倉頡之初作書，蓋依類象形，故謂之文；其後形聲相益，即謂之字。」

(C)蒼頡之疑：本書作者按：蒼頡之名，各本也有作「倉」的，字小異而音同，所以可以通用。遠古文字數量不夠用，人名、地名往往只取音同便可用之，字形如何，可以完全不顧。看「伏犧」一名，有庖犧、包義、伏犧等不同文字，只消音同便可，無須多疑。至於說禪通之世，已有蒼頡古王，其時間竟在獲麟前廿七萬六千餘年，而下至黃帝之世，又再有一位蒼頡造字，

則難道說「蒼頡」是一個世襲的名號嗎？而「史皇」似乎也是一個顯貴者的爵號，應該不是一人之身，如此說來，古來造字，根本不是一個人，而是先先後後，累世相襲的許許多多人了。

(三)對漢字創始之推測

1.漢字的發生

從許許多多的古籍資料中可以看到，提到「書契」二字的地方很多，經查考發生「書契」的那個時代背景，可以很明顯地發現，在當時尚未正式產生文字，當時所謂的「書」，只是用樹枝在沙土上畫的線劃；所謂的「契」，只是用刻刀在木石上刻的記號。這類線劃刻紋，總括的說，可以謂之為圖繪。原始的圖繪，自無定型可言，僅為繪製者一人的匠心獨運而已。到了漸漸地走向文字的雛型以後，仍然是形體不一，眾人各行其是的局面。所以前人詳考「人」字的初文，有多到七十六異體的現象，如果漢字真的是一人所造的話，又何至於歧異到這種程度？蔣伯潛先生在他的《文字學纂要》中，把紛亂的遠古漢字「人」字挑選了八個比較精要的，就很明顯地可以顯示出相互間的殊異之大。（列圖如下）

至於由契刻所產生的數目字記號，則如：（見附圖）

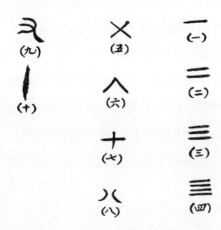

安特生在甘肅省的仰韶村「仰韶期文化」遺址中曾發現兩片甲骨，其文字形狀是這樣的：（見附圖）

（六）

（五）

　從這些材料裡更可斷知漢字肯定不是一時一人所創的了，尤其因此可知漢字究竟何時所創，何人所創，是不易確切考知的了。至於說「為何要創造漢字？」我們可以這麼說：「因為主觀方面有感於需要，客觀方面則因環境之啟示與逼迫而使然。」

2.漢字創造的動機

　在遠古時代，不同地方而距離遙遠的人，無法直接傳遞資訊；先代的祖考，無法把訓告的經驗傳給後世。因為那個年代沒有當今這樣的「錄音」「錄影」設備。而且，在主觀方面，深深地感到：結繩、刻劃既不方便，言語聲音又沒法留傳後代，也沒法遠傳他鄉異地，因此也就動腦筋設法創造比較合用的簡單文字，而文字也就因此而產生了。

　從客觀方面來說，因為需要用文字記錄事情，自然就會動腦筋設法創造，仰觀天象，俯察獸蹄鳥跡，有了啟發，便模擬製作類似的形象，於是簡易的文字也就緣此而產生了。

3.漢字的創始時代

　　傳言片語，不足為信；自以見諸實物為可信。歷年以來，中國大陸出土文物甚多，於今可見最早有系統之文字，為出土於河南安陽縣小屯村之龜甲文字，而據其成熟有系統之成就而論，則其創造應在商代之前。而在龜甲文字之前，亦曾出土若干陶片文字，經考古家探測考徵，為時更早於龜甲文數千年，其最早者可早至距今約七千年。（所列舉之早期陶文，請見下文「漢字之書寫流變」當中的「早期陶文」後之模拓字形，此處從略。）

㈣文字學之名稱含義

1.「文字」一詞之來源與「文字學」之含義

　　「文」是線條縱橫交錯成的「花紋」，最早的原始形狀作「#」，漸次演變，而形成了文字的型式，削去了上邊和左邊叉出來的樺頭就形成了「仌」的模樣，那就是「文」的初文了；「字」的最早形狀作「𡨄」，是在屋子裡「養育嬰兒」的意思，初民蕃育後代，希望越多越好，所以「字」的意義便是「孳乳浸多」，也就是「滋生得越來越多」的意思。

　　「文」和「字」有一個根本上的不同：「文」是最先創造的初始文字，是一個一個的「個體」，都是「獨體」的，所以研究文字學的人有一句話叫做「獨體為文」，如「鳥、人、山、牛、木、水、火」等是；「字」是由兩個或兩個以上的「文」組合而成的，是由「文」所「孳生」出來的，所以文字學者又有另一句

話叫做「合體為字」，如「林、采、江、趙、暴、寒、解」等是。

雖然文字學要把「文」跟「字」分開來說明，但是我們說「中國文字」、用「文字」寫文章，這其中所說的文字，只是一個單一的詞義，也就是「word」意思。

至於「文字學」則是「研究漢語文字的一門學問」，在研究的過程中，「文」與「字」自當分別說明，與一般的「文字」稱謂，又必有一些不同的說法了。

2.西方人對「文字學」一詞的翻譯

西方人對中國漢語中的「文字」一詞，有以下幾種比較常見的譯述，那就是：

Script（手抄原本）

writing（著作品；文件）

character（文字、特性、記號）

etymology（語源學、詞源學、字源學）

logography（代表一個詞或字的符號如＄￥等）

philology（語言學、文獻學）

很明顯的，以上的幾種譯述，都很難包涵我們漢語「文字學」一詞的確切含義，如果單單只譯「文字」一詞的話，也許用「word」這個字還稱得上勉強合適；可是如果要譯「文字學」這一個詞的話，似乎前述的幾個英文單字，實在是沒有一個可以完全相當的。既是如此難以翻譯的話，我覺得乾脆就用音譯，索

性就譯為「wenzixue」好了。

(五)漢字之書寫流變

這裡所說的「書寫流變」，是指漢字在初創與發展歷程上，於不同的時代所表現出來的不同字形而言的。如陶文有陶文的寫法，甲骨文有甲骨文的寫法，鐘鼎文有鐘鼎文的寫法，後世的篆隸楷草也都各有它們自己的寫法。不同的寫法，我們也名之為不同的書體。不同的書體，用不同的書寫工具書寫，主要是人們為了記事備忘，傳語給異地，留言與後世，而用「書面語」傳錄事情。但自隸楷普及了以後，很多的文人學士，喜歡寫一些警語賀詞，名言佳句，把它裱褙起來，懸掛於居室廳堂，或書齋庭柱，以作藝術性的欣賞。這便是漢字書寫流變的具體表現了。

1.早期陶文

陶文，還算不上是文字；只是用堅硬的尖銳物體在陶坯上刻劃出來的一些記事符號。有些考古家直接名之為「陶文」，可是多數的專家卻名之為「記事符號」。在那個時代，沒有文件，沒有著述，當然談不上「書寫」，所以就沒什麼「書寫流變」的事了。但無論如何，它還是有些「形體」留下來，因此我們在這裡也就列舉一些「碎片」出來，以為漢字書寫流變的參考。

說到陶文，於民國二十年前後，我們的中央研究院，在河南省安陽縣及山東省歷城縣作考古發掘開始，直到近年中共科學院的考古發掘，都曾挖掘出過許多的陶片，計有：陝西西安半坡、

臨潼姜寨、郃陽莘野等地的新石器時代仰韶文化；甘肅的半山、馬廠，青海的樂都柳灣等地的馬家窯文化；山東省章丘縣歷城縣城子崖、青島趙村等地的龍山文化；浙江良渚，江蘇上海馬橋、青浦崧澤等地的良渚文化；都發掘到許多刻劃有類似文字的陶片。前述的那些地方，既不在一處，且相距甚遠，然陶片上的符號卻都十分相似。

在西安半坡、臨潼姜寨、零口、垣頭、長安五樓、郃陽莘野，和銅川李家溝等遺址中所發掘出來的「仰韶文化期」陶文，都刻在塗有黑色花紋的陶鉢口沿上，可惜大都是碎片，據分析，可分為燒前刻劃和燒後刻劃兩種，而以燒前刻劃為多。計在西安發現的陶片共一百三十三件，有陶文二十七種（見附圖一，錄自高明《中國古文字學通論》第二章，下文圖二至圖十四均同）；在姜寨發現的陶器及陶片一百二十九件，有陶文三十八種（參見附圖二）；其餘五處發現的數量甚少，未有陶文採集。

民國二十年左右，在甘肅的半山與馬廠兩地所發掘的「馬家窯文化期」陶文，發現在兩地出土的陶壺和陶罐上，有用顏料描畫過的陶文。民國六十五年中共青海文物考古隊，在青海樂都柳灣發掘的「馬家窯文化期馬廠類」的墓葬中，發現陪葬陶壺的腹部及底部有塗彩的陶文，每件器物上只塗劃一個陶文，共有五十種之多（參見附圖三、四）。

民國十七年，我們的中央研究院，首次在山東章丘、歷城近地的龍山鎮城子崖發掘「龍山文化期」陶文，計有三片，只有兩

個陶文（參見附圖五）；民國五十三年秋，中共科學院考古研究
所在青島北郊白沙河南岸的趙村發掘的「龍山文化期」陶片，其
中有一片刻有陶文（參見附圖六）；民國五十一年中，中共河北
省文化局文工隊，在河北永年縣台口村發掘的「龍山文化期」陶
罐一件，沒有任何陶文。

民國二十五年，在浙江餘杭良渚鎮首次發掘的「良渚文化
期」陶片，其中有九種刻劃而成的陶文（參見附圖八）。

民國四十九年至五十年間，中共上海文物管理會在上海的馬
橋及青浦崧澤發掘的「先良渚文化期」陶片中，各發現四種陶
文，經考證這些陶文的實況，其時代稍早於良渚文化，似應與
「馬家濱文化」同一系統（參見附圖九、十），可稱之為「先良
渚文化期」。

以上的這些早期陶文，其中以西安半坡的仰韶文化遺址，時
代為最早，遺址中的木炭，經用 C-14 測定，其中最早的遺物屬
西元前 4770 ± 134 年，距今約七千多年。馬家窯文化遺址較
晚，樂都柳彎的棺木經 C-14 測定屬西元前 2416 ± 264 年，距今
也有四千多年。

成熟的文字是可以和語言密切結合的，可是前述的那些陶
符，只是為了某種需要而用以記事的符號，跟語言扯不上關係，
只能獨用，不能組合。不同形狀的符號，可以啟示某人不同的記
憶，若把它們串聯在一起，卻會失去它們本來的作用。這種符
號，只在備忘而幫助記事，即使在初現時期也不曾配合語言使

用，而且直到創造了相當完整的文字系統年代（如商周時期），他們還在某些陶片上出現，可見它們確實只是「符號」，算不上是文字。

高明先生在他的《中國古文字學通論》中舉出，於河南偃師二里頭的早商遺址，發現刻劃在陶器上的符號有二十四種（參見圖十一）；又於鄭州二里岡商代遺址，發現刻劃在陶器上的符號有十五種（參見附圖十二）；而在鄭州南關外商代遺址，發現刻劃在陶器上的符號也有九種（參見附圖十三）；在山西侯馬春秋時代的晉國遺址，則發刻劃在陶器上的符號有四十四種（參見附圖十四）。這些都是有了有系統的文字之後，仍在相沿使用的陶符，而卻與有系統的甲骨文截然不同。（請參見下列附圖）

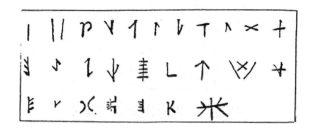

附圖一：西安半坡陶文

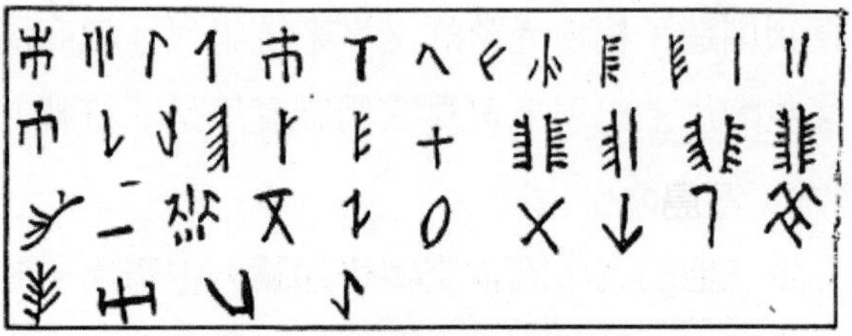

附圖二：臨潼姜寨陶文

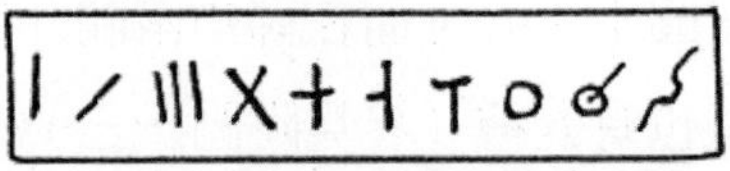

附圖三：甘肅馬家窯文化陶文

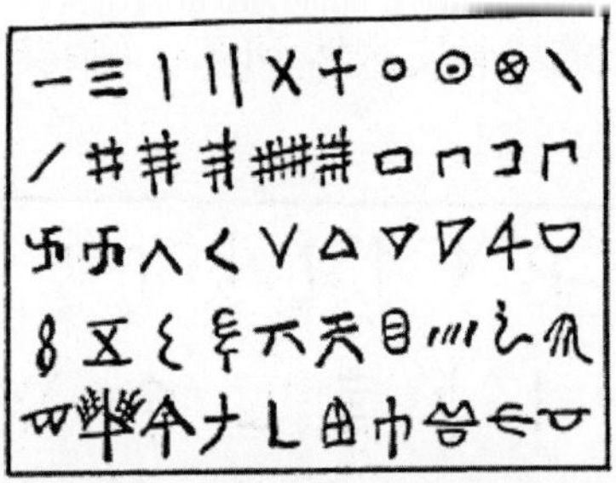

附圖四：青海樂都柳灣陶文

附圖五：龍山城子崖陶文

附圖六：青島北郊陶文　　　附圖七：河北永年陶文

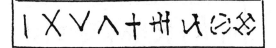

附圖八：浙江良渚陶文

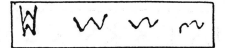

附圖九：青浦崧澤陶文

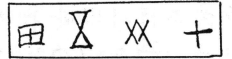

附圖十：上海馬橋陶文

附圖十一：二里頭早商遺址陶文

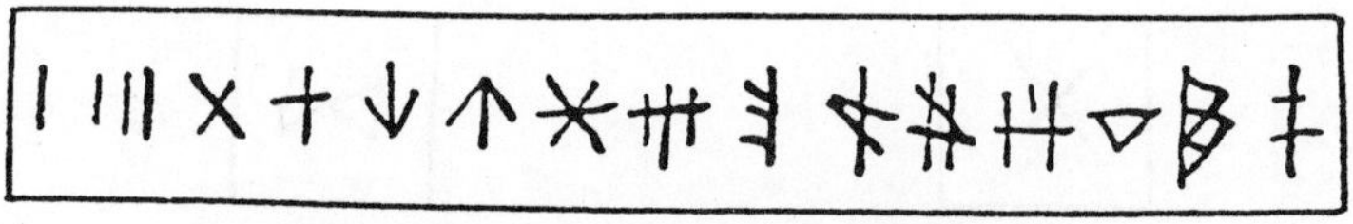

附圖十二：鄭州二里岡商代遺址陶文

附圖十三：鄭州南關外陶文

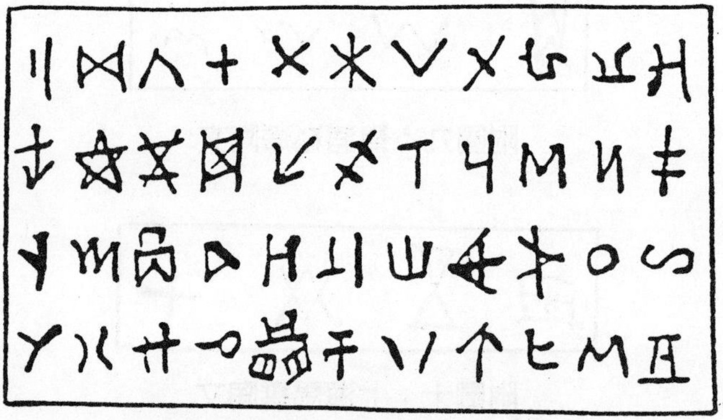

附圖十四：侯馬東周遺址陶文

2.甲骨文

　　商代人凡有大事必以占卜來決定可行與否，占卜時以炭火烤灼龜殼或牛骨，以甲骨上所出現的微細裂紋為依據，請巫師解讀，以斷定吉凶。甲骨上出現的裂紋叫做「兆」，占卜過之後，

即把這一次的斷辭用當時的簡易文字刻劃於龜版或牛骨上，後世人便以其所刻劃的材料為名，而稱之為「甲骨文」。所用的龜甲多為龜背甲及腹甲，牛骨則以肩胛骨與肋骨為多。

在前清的光緒之前，上推至六經、諸子、史記那個時代，根本就沒有人提到過「甲骨文」這個名稱；當然，也實在是因為他們不知道有「甲骨文」這個東西。在光緒二十四年（1898）的前一二年，河南省安陽縣的小屯村，有農民在耕地裡挖到許多甲骨，他們也不知這是什麼東西，就說這是「龍骨」，被當作藥材賣給中藥店，說磨粉服用，可治久咳之症。後來，被一位金石家王懿榮在藥鋪發現，認為龍骨上的刻紋是古代的文字，就在同一時段另有王襄、孟定生、劉鶚、端方、胡不查等人也都發現認出來在龍骨上的刻劃是古代的文字。

民國十七年（1928），我的一位老師董作賓先生，率領中央研究院歷史語言研究所同仁六人，首次開始發掘位於河南省安陽縣小屯村洹水南岸的殷墟舊址，其後更擴大到後岡、洹水北岸的侯家莊西北岡高井臺子、大司空村等地。前後共挖掘了十五次，一共出土了龜甲、牛骨二萬四千九百多片。抗戰期間，工作被迫停止，搬運不及，被日寇劫往日本的甲骨有一萬二千多片。後來，中共的科學院又繼續發掘，於民國六十二年（1973）小屯南地又挖出了四千八百零五片；民國八十年（1991）再於殷墟花園莊東地挖出六百八十九片。

從這以後，學術界研究甲骨文的人，風起雲湧，一時成為顯

學，著述不斷地問世，此處就不予一一列述了。說到甲骨文的「書體」，民國以前未有所見，我的老師董作賓先生，因終身從事甲骨文的研究，所以特別能深悟其刻劃的脈理與刀法，甲骨文是特具「刀劃堅骨」的廉棱硬直筆法的，與後世其他各體書法大有出入，能寫好字的人，未經訓練是寫不好甲骨文的。董師曾留下了一些範作，茲約略舉例如下：

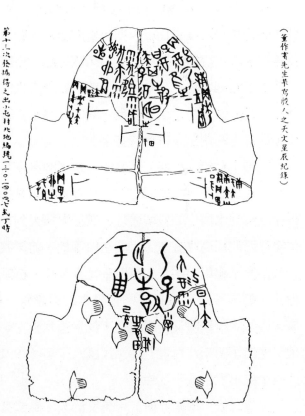

（董作賓先生摹寫殷人之天文星辰紀錄）

好花易謝東風疾
行樂事新異昔
征夫一去不歸來
燕子依依如舊識

杜若多謝東風疾行樂事今異者往大一王不

辞束燕子依如舊識

一一年四奌 七作案

好事爭觀古井天
網羅寶冊考龜年
魯魚大白初文後
蟲鳥旁稽有史前
一勺之多從海得
七言獵麗自君傳
正逢國學沈埋日
復古惟祈遂衆賢

南風四月麥登初
為圃為農我不如
更望田禾占大有
年豐歲樂眾維魚

東邊日出西邊雨
一鳥不鳴山更幽
白下門東春已老
今來風雨又維舟

塵凡事今謝絕
別長安來歸田埜
才掃盡自家門外雪
載春酒去觀風月

3.大篆（鐘鼎文、籀文）

「大篆」為西周時期普遍通行的書面語，字體較甲骨文繁複，筆畫停勻柔潤，曲折處圓轉和順，不似甲骨文之剛棱廉銳。相傳為夏朝伯益所創，但傳言無據，並無史料可資證明。從大篆的成熟程度來看，應是甲骨文以後幾經進步的早期漢字，從各式各樣的書寫物體（如：鐘、鼎、刀、兵、劍、戟與各種彝器、碑、碣石刻）來看，字體的形狀比甲骨文變化了很多很多，尤其是經過統編之後的通用文字（如《史籀篇》），其進步的程度是甲骨文遙遙莫及的。因為內涵多樣且非常複雜之故，所以就有人把大篆分為「古文」、「鐘鼎文」、「籀文」三個類型來說明。

(1)古文

「古文」是指蒼頡之後，史籀之前的各型漢字之總稱。《說文解字》當中常有一種「同字異體」的文字，其名稱叫作「重文」的，最常見的有「古文作某」、「籀文作某」的兩種早期漢字，其中所謂的「古文」也就是我們這裡要說的古文。〈說文序〉當中所謂的「五帝三皇，改易殊體」，晉代衛恆的《四體書勢》所說的「自黃帝至於三代，其文不改。」也都是指這個古文而言的。以《說文序》和《四體書勢》的兩句話來看，其所指的「古文」是應該包括甲骨文的；但在清代以前，無人見過甲骨文，所以早在漢代的許慎，也不知有甲骨文，因此《說文》當中也未見有甲骨文的痕跡。以這個情形來看，所謂「古文」其包涵的內容應是十分紛雜的，根本無法確指何種書體。因此在這裡我

們就不作更多的探討，也不作具體的「書體」介紹了。

(2)鐘鼎文

也稱「金文」，是銘刻在古代各種金屬器物上的文字，而以鐘鼎彝器和兵器上的文字為最多，同時也有些是刻在碑碣和石鼓上的。西周和春秋戰國不同時期的文字，各有很大的差別；兼因東周時期，諸侯互相爭長，貶人尊己，各國均有不同的自創文字，所以談到「金文」，情況也是非常複雜的。

(3)籀文

是晚周時期所使用的文字，字體比一般常見的鐘鼎文字更為繁複，全部文字都編輯在《史籀篇》裡頭，這部書是晚周時期的太史籀所編纂，《漢書・藝文志》認為是周代史官教學童識字的教本。《史籀篇》收有兩千多字，「籀」是「誦讀」的意思，因為是學童「誦讀」的書，所以名之為「籀篇」。此書早已亡佚，漢代許慎的《說文解字》中所收錄的籀文有兩百多字，字體比小篆繁複得多。

我們在這裡對古漢字不擬作大篇幅的介紹，而把兩周文字一併以統括性的名稱「大篆」名之，從下列的一些拓片大致可以看出一點點資訊。（參見附圖）

師兌敦

墙盤

靜簋

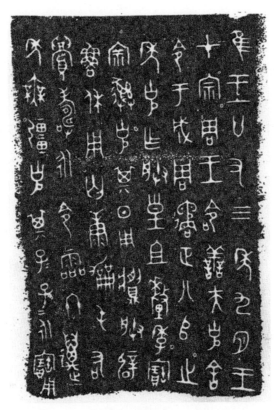

小克鼎

4.小篆

　　「篆書」的名稱，最早始於秦代。東周之前，書必同文，到了西周衰世，諸侯厭惡禮樂制度束縛自己，不便於侵佔鄰國，因此群起破壞制度，廢棄典籍，是非不明，人用己私，於是言語異聲，文字異形，十分混亂。秦始皇帝統一天下之後，李斯立即奏

請統一文字，罷除一切不同於秦國的文字。於是，李斯作《蒼頡》七章，趙高作《爰歷》六章，胡毋敬作《博學》七章，當時人稱之為「篆書」，又因秦篆比古文、籀文簡易，所以後人就稱秦篆為「小篆」；而稱秦以前的文字為「大篆」。

〈漢書藝文志〉說秦篆多取《史籀篇》而作，但篆體頗異於籀文。〈說文序〉則說皆取《史籀》大篆，或頗省改。「省」是說減省大篆的筆畫；「改」是說改變它的怪異筆法。如籀文「𪗉」字，小篆減為「就」；「籀」文「𤓉」字，小篆減為「員」；「籀」文「𣏡」字；小篆改為「栖」（後世楷書省作「杯」）；籀文「𠵹」字，小篆改作「邕」；省改的痕跡是很明顯的。而且，不僅是省改籀文，就是沿用古文，也有很多的省改：如古文「𣎁」字，小篆省作「呆」；古文「𡩿」字，小篆省作「宜」；古文「𢆶」字，小篆改作「絕」；古文「賣」字，小篆改作「續」等都是的。清代桂馥《說文義證》說「小篆於籀文則多減，於古文則多增，如『云』字古文，於篆則加『雨』為『雲』；『𣶒』字古文，於篆則加『水』為『淵』；此類是也。」

但無論如何，小篆是從籀文所出，不自古文而生，所以總是比較接近於籀文的。清代段玉裁的《說文解字注》中說：「《說文》所列小篆，固皆古文大篆，其不云『古文作某，籀文作某』者，古籀同小篆也；其既出小篆，又云『古文作某，籀文作某』者，則所謂『或頗省改』者也。」段玉裁的說法，最能說明許慎

《說文》的編纂體例，更能說明秦篆之產生，是因襲者多，創制者少，就因為它是因多創少，所以比較容易通行。所以，史書所稱：秦於統一天下第三年，就刻石頌德，已稱「書同文字」了。

（參見附圖：例字為我的學生郭莉莉的書法作品）

對酒不覺暝　落花盈我衣
醉起步溪月　鳥還人亦稀
李白自遣

5.隸書

隸書這種書體，〈漢書藝文志〉說是因為秦代官獄多事，來不及用篆文書寫，於是找一些徒隸來幫忙抄寫，不知不覺當中，就用了這麼一種新生的書體。許慎的〈說文解字序〉也說：「秦燒滅經書，滌除舊典，大發吏卒興戍役，官獄職務繁，初有隸書，以趨約易。」這些話都只是說到了隸書被使用的情況，關於隸書創制的情形，漢代蔡邕的《皇覽篇》云：「程邈刪古立隸文。」這倒是提出了一個有關創制隸書的人。晉代衛恆的《四體書勢》云：「秦既用篆，奏事繁多，篆字難成，即令隸人佐書，曰隸字。」其實這句話並無新意，只是承用了〈漢志〉與〈說文序〉的說法而已，並未提及程邈。不過，魏江式、晉羊欣、南北朝王僧虔、梁庾肩吾等人，都認為程邈是創作隸書的人。事實上，程邈究為何許人，舊史無可考徵，相傳為秦時的獄卒，善大篆，因有罪而被幽繫在雲陽獄，於是增減大篆的筆法，去其繁複，始皇頗為讚賞他的作法，因而放他出獄為御史，並名其書為「隸書」。我們覺得：蔡邕「刪古立隸」的說法，正好與這個傳言相合，相承有序，似乎是可信的。不過，秦時僅在公文案牘上用隸書，如果是銘金刻石的話，仍然是以篆籀為主的，當我們看到「泰山碑」「嶧山碑」和秦權、秦斤、秦量等永久性的東西，都可明證篆籀才是他們認為可以永存的文字。

後來，隸書到了日益廣為使用了，書師教學童，儒生寫六經，也都普遍使用隸書了，於是也就漸漸地由「徒隸」之書，而

成為士大夫之書了。（參見附圖：前者為郭莉莉的隸書，後者為
謝冠生先生所寫的蔣介石總統自作先妣哀思錄）

6.楷書

　　楷書,在正式討論「漢字學」的人,是不把它別立為一類的;因為嚴格一點說,楷書根本是隸書的一個類型,文字學界,凡是由篆書變為楷書的不同寫法,都稱之為「隸變」,所以說,「楷」就是「隸」的一支,是無需特別說明的。

　　「楷」是由「隸」分枝出來的,又分「八分」和「真書」二體。「八分書」的說法,比較紛歧,蔡文姬敘述她她父親蔡邕的

話說：「割程隸字八分取二分，割李篆字二分取八分。」這種說法在告訴我們：「八分書」的字體，是在「篆」「隸」之間的一種寫法。晉末南朝宋王愔《古今文字志目》謂「以隸草作楷法，字方八分。」南朝齊蕭子良〈答王僧虔書〉謂「飾（通飭）隸為八分。」則是認為「八分」生於「隸書」。唐張懷瓘《書斷》謂「八分減小篆之半，隸又減八分之半。」唐杜甫〈李潮八分小篆歌〉「大小二篆生八分。」則是以為八分生於篆書。但如果我們多考查一下東漢時期的許多石刻的話，則會覺得八分應該是生於隸書為比較可靠的。清代的包世臣以為：「八」和「分」是講這種書法的波勢，趨向於左右相背，分別展布的意思。因為隸體無屈曲之容，可以說是繼承了隸書的本質；八分書則舒放了隸體而產生了駿發，增益了隸體而出現了波勢，歸根到底還是屬於隸書一類的系統。

歷來論八分書的創作人，一般都說是上谷的王次仲。有人說王次仲是秦代人，也有人說是東漢人，以後一說為比較可靠。也有人說蔡中郎（邕）改變了隸體而作成八分書，但蔡中郎的〈勸學篇〉卻說「王次仲初變古形。」則連中郎自己也認為是王次仲作八分書的了。

至於說「真書」，一名「正書」，一名「楷書」。但衛恆、王愔都說「王次仲作楷法」，則「楷法」應該是指「八分」。庾肩吾說「隸書」就是他那個時代的「正書」，則「隸書」就是「正書」了。唐代張懷瓘《六體書論》說：「隸書皆真正，亦曰

真書。」可見所謂的「隸書」、「八分書」、「真書」、「正書」、「楷書」，歷來就是辨別不清楚的。從魏、晉、六朝以來，有人要把八分和隸書區分開來，又有人要把真書和八分也分清楚，於是改變了「八分」的波發，保存了「隸書」的橫直，而特別點出了「側、勒、努、趯、策、掠、啄、磔」的筆法，宋代的《宣和書譜》說「降及三國鍾繇者，備盡法度，為正書之祖。」宋黃伯思《東觀餘論》說「漢世隸法，至魏大變。」正是這個意思。總括來說：「真」「隸」「八分」本是一體的小別，所以名稱向來是含糊互施的；若一定要正本清源地把它們弄清楚的話，則隸是通名，舉隸可以賅「真」「分」，「真」「分」不能統括隸。秦、漢之隸為古隸，「八分」「真書」為分隸，到了六朝，乃至唐代以後，則改「分隸」為楷書，於是「楷書」才算正式產生，但以「楷」這個名稱來說，其實在衛恆那個年代已經出現了，只是不如六朝以來那麼成熟而已。不過，無論如何，一言以蔽之，它還只是「隸」的一支而已。

　　自楷書普及通用了之後，漢字的書法日漸受到重視，於是一筆一劃，都有了規矩範式，有人歸納漢字所有的筆法，計為八種，這在宋代陳思的《書苑菁華》〈永字八法〉當中說得很清楚，大意是說：漢字中的「永」字，剛好具備了書法全部的八種筆法。「永」字最上邊的第一筆「一點」，謂之為「側」；第二筆「一短橫」謂之為「勒」；第三筆由短橫向下「一直劃」謂之為「努」；第四筆在直劃下端向左「一鉤」謂之為「趯」；第五

筆左邊的斜劃向上「一挑」謂之為「策」；第六筆由右向左「一撇」謂之為「掠」；第七筆在字之右，由右向左「一短撇」謂之為「啄」；第八筆為最後一筆，由左向右「一捺」謂之為「磔」。這便是楷書筆法的基本範式。（參見附圖「永字八法」）。

楷書舉例：前者為郭莉莉楷書，後者為譚延闓先生所書之蔣肅庵先生墓誌銘。

夢斷鶯啼起攬衣 群

山歷歷眾星稀無邊

綠草窺紅杏一縷清

流對石磯　郭莉莉賦書

夢斷鶯啼起攬衣　群山歷歷眾星稀　無邊綠草窺紅杏　一
縷清流對石磯　世事難酬雲萬變　俗憂欲盡意多違　何時
覓得桃源路　也學陶潛樂忘機
　　　　　　　　／節錄　郭莉莉春曉

於先生之所志庶幾無愧乎

先生之卒也以民國前十五年

七月初五日年五十三初娶徐

氏生子錫侯女瑞春而卒繼娶

孫氏無子卒又瑞娶王氏生子

正周傳女瑞蓮瑞菊錫侯為邑

右顒謹屬比勒銘銘曰

志匡國家澤在鄉土子承其德

業光於祖松楸百年精爽萬古

中華民國七年八月

朱大符謹撰

譚延闓謹書

吳縣唐仲芳刊

7.草書

梁武帝《草書狀》引蔡邕的話說「昔秦之時，諸侯爭長，簡檄相傳，望烽走驛，以篆隸之難，不能救速，遂作赴急之書。」因為這話是在《草書狀》中說的，這樣看來，草書應該是起於秦代嚕。〈說文序〉則說「漢興有草書。」晉衛恆《四體書勢》也說「漢興而有草書，不知作者姓名。」江式〈論書表〉也說「漢

興又有草書，莫知誰始。」從這些話來看，則草書似應起於漢
代。在許慎的〈說文敘〉當中提到秦書有八體（大篆、小篆、刻
符、蟲書、摹印、署書、殳書、隸書），但沒有「草書」，而且
大家都不知道草書作者為誰。因此說草書起於秦代，還不如說始
於漢代更為妥貼。

　　說到草書，應該是導源於文稿之起草，其後則凡趨急的文
書，也都潦草書成，使用的時間既久，乃漸漸地成為一種可能遵
循的文體，於是也就被大眾所接納了。漢初試學童，只試八體，
不試草書，可見在當時草書書是不為典要的。所以，漢代人對草
書的使用，初時只施於簡檄，用過便棄置不顧的；金石經久，輕
易不用草書。所以於今觀之，西漢的草跡絕少流傳下來。清代顧
炎武《日知錄》裡頭說：在《史記》〈褚少孫補三王世家〉中有
「謹論次真草詔書編於左方」之語，因此認為漢武帝時的詔書已
用草書了。可是清代劉熙載卻以為：褚少孫的話是「草創」「草
稿」的意思，不能把它視為草書。草書之用，直到東漢才漸漸擴
大，史稱北海敬王喜愛草書，為當時的草書楷則，到敬王病重
時，漢明帝怕他的草書失傳，用傳驛快馬命其作《草書尺牘》十
首，這便是草書用到函件信牋上去的直接證據。後來草書的用途
漸廣，甚而有用到奏章上去的，所以後世乃有「章草」這個名稱
出現。

　　關於草書的形狀，則後漢的崔瑗《草勢》說：「惟作佐隸，
舊字是刪，草書之法，蓋又簡略。」主要是說草書比隸書在筆劃

上簡略了許多。晉代的索靖《草書狀》則說：「損之隸草，以崇簡易，離析八體，靡形不判，去繁存微，大象未亂。」是說：草書減損了隸書的筆劃，特意崇尚簡單易寫，雖分解了秦人的八體，但沒有字形難以區別的缺失；去掉了隸書的繁重，卻存下了它的精微，文字大象是絕不會混亂的。晉代楊泉的《草書賦》則說：「字要妙而有好，勢奇綺而分馳，解隸體之細微，散委曲而得宜。」大意是說：草書的筆勢靈巧而美妙，奇麗有如駿馬奔馳，分解了隸體細微委曲的結構，而趨向於最相宜的自然奔放。從前述的這些話看來，草書應該是由隸書走向放任恣肆、發揮自然、解除了拘滯束縛而產生的。草書初期，只是由隸體趨向於恣肆奔放而已，演化到後來，則形成恣意更新，肆意減損筆劃，甚且凡字必須筆劃相連，一字必須一筆勾成，偶有不連，亦必血脈相續，則與最初變革隸體，尚不脫拘滯之初期草書，又自不同了。所以唐代張懷瓘《書斷》稱筆筆相連之草書為「今草」，而不連綿之草書則稱為「章草」。意謂「章草」為徒隸之捷書，「今草」則又章草之捷書。其實稱章草不免拘泥用途；稱今草則又難免疑惑於時代。索性一概稱為草書也就是了，何勞那麼苦心去分彼此呢？（參見附圖：前者為本書作者書法，辛棄疾永遇樂為郭莉莉書法，後者為蔣宋美齡所書之先妣王太夫人百歲誕辰紀念文）

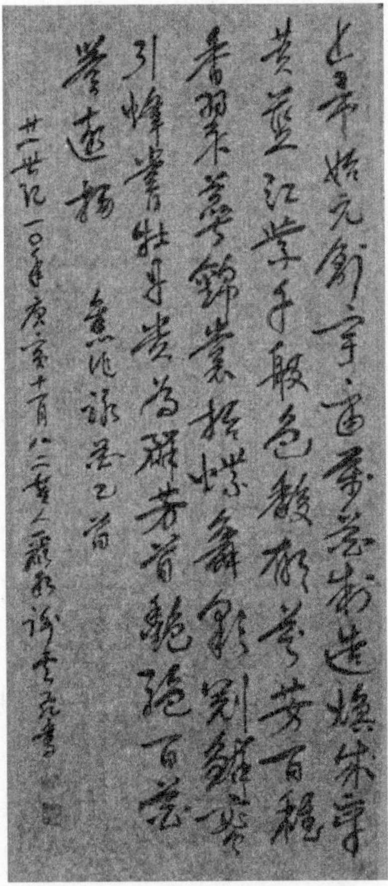

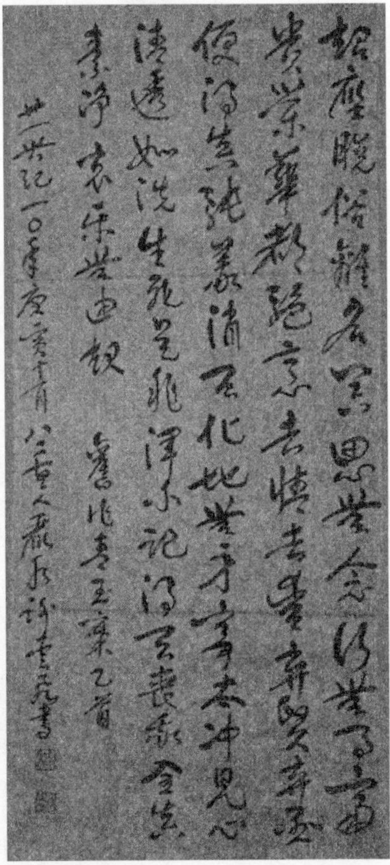

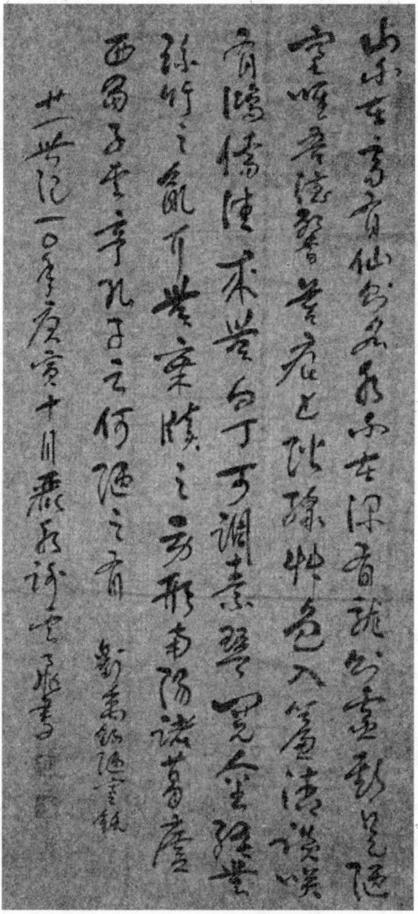

千古江山　英雄無覓　孫仲謀處　舞榭歌臺　風流總被　雨打風吹去　斜

陽草樹　尋常巷陌　人道寄奴曾住　想當年　金戈鐵馬　氣吞萬里如虎

元嘉草草　封狼居胥　贏得倉皇北顧　四十三年　望中猶記　烽火揚州路
可堪回首　佛狸祠下　一片神鴉社鼓　憑誰問　廉頗老矣　尚能飯否／
辛棄疾永遇樂京口北固亭懷古

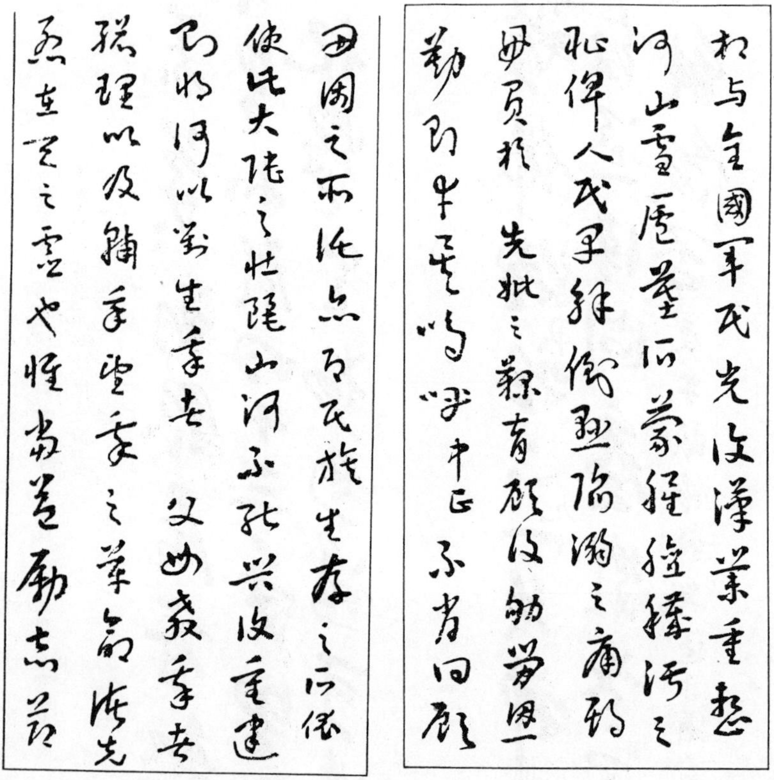

礼与全國軍民光復漢業重建
河山雪恥声塞而蒙經接择污之
恥偉人民子孫衛亞隔渺之庸鈞
毋負我　先批之裘育照及勛勞恩
勸勉生�000中正　不肯回顧

困圃之而泛点石民旅生存之所俟
使此大陸之性恆山河不拱興復重建
乃将何以對生存老　父姆教孝老
琐理以及捕手望委之華高座先
垂立是之雲也恒常著道勵志芸

8.行書

　　行書不知起於何時，也不知作者為誰。晉代衛恆的《四體書勢》只分「古文」、「篆」、「隸」、「草書」四體，「行書」則是附在「隸書」中來討論的。晉（後入劉宋）羊欣《采古來能書人名》也只說劉德昇善為行書，到了唐代張懷瓘的《書斷》才肯定地說行書為劉德昇所作，說其時正當東漢桓、靈之際，劉氏

因造行書而擅名；宋代的《宣和書譜》沿用了《書斷》的說法，但是這些說法是沒有依據的。《隋書經籍志》裡頭說：「自倉頡訖漢初，書經五變，曰古文、大篆、小篆、隸書、草書，大抵書之變，至草而極，極則必反，反而至於隸，又不可能，真書者，隸之流也，於是消息乎真草之間，而行書出焉。此蓋積漸而至，勢有自然，固不必有一人為之創也。」劉德昇的行書已經失傳，於今可見的真、行二體書法，皆始於鍾繇，晉王愔說工於行書的書家，自晉以來才漸漸多起來。根據這個觀點，可以推想行書和真書，同起於漢末，而盛行於魏晉之際，這應該是比較允當的一種見解。

行書又名行押書，晉王愔《古今文字志目》謂「昔鍾元常善行押書」，所指的「行押書」就是行書。至於行書的體勢則唐張懷瓘《書斷》中說：「行書即正書之小譌，務從簡易，相間流行，故謂之行書。」張懷瓘《六體書論》則說：「行書如行，草書如走。」唐虞世南《北堂書鈔》則說：「行書之體，略同於真。」宋《宣和書譜》謂：「自隸法掃地，而真幾於拘，草幾於放，介乎兩者之間，行書有焉。」依據這些說法來看，行書雖然涉於草書，實際上卻是近於真書，《四體書勢》之所以不把行書附於草書而附於隸書，原來是有其一定的因由的。但是，一種書體流衍久了，自然便會產生變化，所以明代趙宦光的《寒山帚談》就把行書分為兩類，一名行楷，一名行草。清代劉熙載的《書概》也說「行書有真行，有草行，真行近真而縱於真，草行

近草而斂於草。」但趙宧光在書體分類時，卻把行書附在草書之中，這又不免失其根本了。時至近世，流衍更廣，有出現「行隸」「行分」「行篆」等訛名，那就不必特別勞神去理睬了。（參見附圖：郭莉莉行書）

兩竿落日溪橋上　半縷輕煙柳影中
多少綠荷相倚恨　一時回首背西風
杜牧齊安郡中偶題二首其一

深院靜　小庭空　斷續寒砧斷續風

無奈夜長人不寐　數聲和月到簾櫳

款／李煜擣練子令語素樸意雋永鉛華落

盡而匠心內蘊庚午仲春書之與雅友共賞

花非花　霧非霧
夜半來　天明去
來如春夢幾多時
去似朝雲無覓處
白居易花非花

一聲畫角譙門
半亭新月黃昏
雪裏山前水濱
竹籬茅舍
淡煙衰草孤村
白樸天淨沙冬

㈥文字之整合（整理統一與簡化）

因為中國的地域十分廣大，人民的分佈過於遼闊，在上古的時代，行腳不便，縱有舟車，也是緩不濟急，更不是四處可達的。所以在政治上只能用封建割據的方法，來作地區性的統治管理；在文化上也只能作方俗性的分地成俗，習用於一族一地而已。語言和文字，是人類文化的一部分，也是一種局部性的部落文化，所以，大凡有遼闊領土的民族，統一語言便是一大要務，「書面語」是語言的另一個面向，它在大區屬的部落裡，被要求統一的困難度，遠超過「口頭語」的統一很多倍。所以，在廣大的中國境內，要做到語言的統一，做到文字的統一，實在是一個鋪天蓋地的偉業。以下所提出來的是幾個關鍵人物和著述，其於中華民族的凝聚、團結、以及在文化上的貢獻之大，是無可計量的。茲分述如下：

1.周宣王太史籀與《史籀篇》

舊傳《史籀篇》為周宣王太史籀所作，唐代唐元度《論十體書》開始肯定地說此書為周宣王時的太史籀所作，並說後漢的王育曾為此書作解說。今此書已佚，不復可見。

此書於當時頗有統一文字的作用，一則為當時史官教學童識字之標準課本，二則也是當時官家文牘傳授用字的標準本。它在當時整合統一各諸侯間之用字，肯定是功不可沒的。宣王為厲王之子，在厲王暴政過後未久，在位長達四十一年，太史籀思及教

化能正時弊，開聖化，但這類教化大事，必須先自統一文字，教養學童開始，因而編了這本《史籀篇》，這應該是最早的一次漢字統一大事。

2.李斯與《倉頡篇》

自《史籀篇》作了一次文字統一的工夫之後，終因周天子之衰敝無力，諸侯咸起爭雄，厭惡正統的禮樂束縛害己，群起罷斥六經典籍，再也無人留情於六藝文字了。時至戰國後期，是非不明，人用己私，於是言語異聲，文字異形，秦始皇帝既一統天下，李斯即時上奏文字統一，罷其異於秦文之列國異文。於是李斯編了一本《倉頡篇》，而在同時趙高與胡毋敬也順勢附和，趙高編了一本《爰歷篇》，胡毋敬則編了一本《博學篇》。這三本書主要是刪削古籀的繁複，留存秦文的簡約，以求天下文字的統一。

如今他們所編的書均已亡佚，但李斯所奏於秦始皇的「書同文」，卻留下了我華夏萬世固結的凝聚神力。中華大地，遼闊無際，東西南北，兆民佈居，即因地域太大，難免方言隔閡，但因自秦之後的文字統一之故，雖各地方言不通，只消書寫文字，便可萬難盡解，這李斯對我民族團結的功德有多大，就不是一個「偉大」之詞所能道盡的了！

3.漢代的文字統一與許慎的《說文解字》

漢興之初，文字之用又見疏縱隨便，乃有關心於這方面的人出而為之整頓，於時有仿《倉頡篇》而作字書的一些人：武帝

時，司馬相如作《凡將篇》；宣帝時，特徵齊人之能正《倉頡》讀者，張敞跟從去受學；元帝時，黃門令史游作《急就篇》；成帝時，李長作《元尚篇》。以上所舉的幾本字書，採用的都是當時特受重視的《倉頡篇》正字，可惜這些著述於今都已亡佚，只有《急就篇》流傳了下來。漢平帝時，徵集天下通小學（即文字學）的專家幾百人，在未央庭中研討講解文字，其中有一位名叫夏禮的人，當場被拔擢為「小學元士」；研討會結束了之後，揚雄就採用了當時的資料，編了一本《訓纂篇》，是延續《蒼頡篇》而成的書，共有八十九章之多。而張敞跟齊人學到的小學，一直傳到他的外孫杜林手中，杜林編了一本《倉頡故》和另一本《倉頡訓纂》。以上所說的那些書，都是編成三個字一句，四個字一句，或者七個字一句，以方便學童的朗讀記誦的，這種編纂的方法，也正是周代小學的遺制。

後來，王莽攝政，改動了很多的古文字；到了東漢，小學不修，人人使用自己所創的文字，於是文字又開始混亂起來。在《東觀漢記》這部書中有一段馬援上書請求統一文字的言語說：「臣所假伏波將軍印，書『伏』字『犬』外向；成皋令印，『皋』字為『白下羊』；丞印『四下羊』；尉印『白下人，人下羊』；即一縣長吏，印文不同，恐天下不正者多，符印所以為信也，所宜齊同，薦曉古文字者，事下大司空正郡國印章。」這是馬援上奏漢光武，要求必須整頓文字的話。很明顯的，東漢時期的用字，已經相當混亂了。到漢和帝時，特別申命賈逵修理舊

文。於是許慎出來纂修了一部《說文解字》，合收古籀，博採通人，分別部居，不相雜廁，而完成了一部有系統、有條理、明變遷、析構造、包羅古今、詳述本源的完備字書。

自從有了《說文解字》之後，漢字的規格大致底定，而部首索引也自此啟端，於各個單字「形」「音」「義」的字源探尋，也開闢了一個基礎性的道路。直到現代，《說文》依然是研究漢字的最最重要參考資料。從研究漢字的觀點來說，許慎的功勞是非常大的。

4.中國共產黨的漢字簡化

從第二次世界大戰之後，中國人民掙扎在最艱困的凋敝生活之中。經檢討反省之後，發覺戰爭頻仍、政治領導者的顢頇無能，引發了極度貧窮、民生困敝，固為原因之一；但真正的根本原因，應該是教育的過分不普及，人民知識的過分落後，信仰和思想的過分保守有以致之；而知識分子認為：我國教育之所以落後，原因在於漢字太難學。於是非常積極地提出了改革漢字的問題，一九四九年，新的人民中國成立，全國的語言學家都被徵集受命研究，無數次的開會討論，提出許多的改革方案。其中最受重視的有：選定全國共同普遍通行的「普通話」、實踐語文合一的「拼音字母」、整頓過多過繁的「漢字簡化」。

改革初期，總以為漢字的字數太多、筆劃繁重，為施行教育困難的重要原因之一。西方的羅馬字母拼音，數量既少，書寫不難，可用打字機拼打字音，應是最為方便的「書面語言」工具。

誰知一經推行，其困難的程度，遠比推行原來的漢字更為困難。
因此，要把漢字完全「拉丁化」的構想，就擱置了下來。而原來
理想中的「拉丁化」，只商定了一套「漢語拼音方案」，只能作
為在漢字旁注音之用。而專家學者們，又再退回到漢字本身的改
革，再三開會研討，決定從「精」「簡」漢字入手。所謂「精」
就是適度地停用「不常用」的漢字，儘量地去除「同義異體」的
重複多餘字；所謂「簡」就是儘量設法減少漢字的筆劃。至於其
「簡化」的方法則為：

(1)改換簡單的聲旁：如「燈」改「灯」，「擁」改「拥」。

(2)另造形聲字：如「驚」另造為「惊」，「襯」另造為
　　「衬」。

(3)同音代替：如「松」代替「鬆」，「余」代替「餘」。

(4)偏旁簡化：如「權」簡化為「权」，「導」簡化為
　　「导」。

(5)保留部分特徵：如「麗」保留「丽」，「習」保留
　　「习」。

(6)草書楷化：如「書」草化為「书」，「為」草化為
　　「为」。

(7)新造會意字：如：「塵」新造為「尘」，「陽」新造為
　　「阳」。

(8)取用輪廓：如「產」取用「产」，「飛」取用「飞」。

(9)用筆劃少的：如「閤」用筆劃少的「閏」，「蘭」用

「兰」。

(10)保留首尾：如「慮」保留「虑」，「奪」保留「夺」。

在以上這些方法中，以「另造新字」、「簡化偏旁」、「同音代替」，為中共改造漢字的諸法中，運用得最多的三個方法。

很明顯的，這是一個劃時代的文字改革動作，從改革初起，直到如今，為時已逾六十年，這場改革，到目前為止，究竟是功是過，尚不能遽下定論。但因近三十年來，電腦數位的突飛猛進，以往認為漢字書寫不便，打字困難等等問題，目下已經陰霾盡掃，至於口語敘述教學，則全世界各種語言，原都沒什麼差別，漢語也未必更難。如此看來，漢字在未來之易於通行全球萬國，也應該不是什麼困難的事了。

若從五千年中華文化傳承和衛護的觀點來看，過分地變革深富歷史意義的漢字，是必當嚴受譴責的；若從強國強種、開發民智、提昇國民的文化水準，而採用一種簡單易學的「書面語」工具，來廣傳知識、普及教育，那也是絕對無可厚非的。當然，這種作法並非是要廢棄古文化，相反地我們還要大力地發揚光大古文化。不過這個重責大任，自有專職的專家學者來鑽研、整理、提倡，進而更為發揚光大了。

無論那一種語言文字，拼音也罷，象形也好，到末了無非是一堆表示語言音、義的符號，若無既有的意識形態，不存絲毫的自我成見，則在極為方便的電腦打字情況之下，文字筆劃的繁簡，表示音、義該用何種符號，已根本無須再有固執成見的必要

了。

㈦漢字之造字法

　　漢字是由至為簡易的縱橫線劃演變出來的，最初的線劃是劃在沙土上、陶胚上、木材上；而後則刻劃在龜版上、牛骨上、器物上、金石上。甚麼時候正式地成為文字，什麼時候成為有系統的語言的書面符號，都是很難確切論定的。至於說漢字的「造字方法」，那也是沒有確切可依的模式和條例的。

　　在漢語的「文字學」中，有所謂「六書」的說法，歷來都被認定為漢字的六種造字方法，那麼六書是什麼呢？是什麼時候開始有這種說法的呢？怎麼會產生這種說法的呢？茲分述如下：

1.何謂六書

　　六書就是：

　　⑴象形（Pictographs）

　　⑵指事（Demonstrations）

　　⑶會意（Ideographs）

　　⑷形聲（Ideophones）

　　⑸轉注（Metaideo-phones）

　　⑹假借（Loan characters）

　　六書就是歷來所謂的六種造字方法。

2.六書之說起始於何時

　　「六書」這一個詞，最早見於《周禮》的〈地官・保氏〉一

節中說：「保氏掌諫王惡，而養國子以道。乃教之六藝：一曰五禮，二曰六樂，三曰五射，四曰五馭，五曰六書，六曰九數。」《周禮》當中只提到「六書」這個詞，卻無說明「六書」究竟是什麼東西。到漢代班固的《漢書》〈藝文志・六藝略・小學類〉才有細目說：「古者八歲入小學，故保氏掌養國子，教之六書：謂象形、象事、象意、象聲、轉注、假借，造字之本也。」漢代鄭玄作《周禮注》其中引到鄭眾的話說：「六書：象形、會意、轉注、處事、假借、形聲也。」而許慎作《說文解字》在他的敘文中說：「周禮：八歲入小學，保氏教國子，先以六書：一曰指事，指事者，視而可識，察而見意，上下是也。二曰象形，象形者，畫成其物，隨體詰詘，日月是也。三曰形聲，形聲者，以事為名，取譬相成，江河是也。四曰會意，會意者，比類合誼，以見指撝，武信是也。五曰轉注，轉注者，建類一首，同意相授，考老是也。六曰假借，假借者，本無其字，依聲託事，令長是也。」

　　班固、鄭眾、許慎三個人所提出來的六書名稱，各有相當大的出入，而所排列的次序也大不相同，現在我們不妨把它們排在下面，作一個比較：

　　班固：象形、象事、象意、象聲、轉注、假借。

　　鄭眾：象形、會意、轉注、處事、假借、諧聲。

　　許慎：指事、象形、形聲、會意、轉注、假借。

　　宋代徐鍇作《說文繫傳》，他所用的六書名稱同許慎，但次

序則採用了班固的，文字學家們都認為徐鍇的見地獨到，所以清代以來的文字著述，六書的次序和名稱都是：

象形、指事、會意、形聲、轉注、假借。

3.六書之說如何發生

我們可以很肯定地說，漢字不是某一個時代的某一個人所造的。從早期的陶符，慢慢地進化到比較複雜的文字符號，又再進化到成系統的的甲骨文、金文大篆，再經改進而到小篆、隸書、楷書……。從這個演變過程來看，我們可以說：從古代到後世，在漢字定型之前，凡是跟文字直接發生過關係的人，都多多少少造過一些文字。即因如此，所以我們就可以相當肯定地說：「六書」——六種造字方法，是兩漢時代研究文字的人所歸納出來的「六種造字條例」，換言之：這六種造字方法，是有了很多文字之後才發生的，絕不是先擬訂出這六種造字方法之後，再依據這些方法來造字的。

我的一位老師蔣伯潛先生，在他的《文字學纂要》當中認為：周禮裡頭所謂的六書，與漢初〈蕭何律〉中「以六體試之」的「六體」相同，根本不是班固、許慎他們所謂的「六書」。這與漢代人稱「六經」為「六藝」，而稱「禮、樂、射、御、書、數」也是「六藝」，是一樣的道理。班固、許慎他們所稱的「六書」，是在東漢古文經大盛之後才發生的，只因〈漢書藝文志〉有「六書為造字之本」這麼一句話，使後人覺得是「先有造字六法，而後據以造字」的。蔣先生說：殊未知文字非一時一人所

造，則自無一人於造字之先，預訂六種造字之法者。所以，蔣先
生認為：東漢之世，研究古文字者大盛，因有好學之士，就其研
究所得，歸納成造字的六大綱領，而名之為「六書」，六書就是
這樣發生的。這和古詩早有「押韻」的事，直到隋代陸法言才歸
納出一本《切韻》來，是一樣的道理。

(八)六書舉例

1.象形

基本要件為：

⑴是畫具體形相的。

⑵是獨體的「文」。

⑶不兼任何聲音成分的。

⑷多為名詞。

象形文舉例：

日：甲文（甲骨文）作「☉」，金文（大篆、鐘鼎文）作
　　「☉」，《說文》中的古文作「☺」，都是象太陽的
　　形狀。

月：甲文作「☽」，金文作「☽」象月亮的形狀。

山：甲文作「山」，金文作「山」，象山有三峰。

水：篆文（小篆）作「水」，象水流動的形狀。

雲：說文古文作「雲」，又作「云」，象雲氣回轉的形
　　狀。

雨：甲文作「🌧」，金文作「🌧」又作「雨」，篆文作
　　「雨」，象雨滴在天空墜落而下。

隹：甲文作「🐦」、「🐦」，金文作「🐦」，篆文作
　　「隹」，象側面鳥形。

又：篆文作「ヨ」，右手的簡化形。單獨的手作「🖐」，有
　　五指，簡化後則為三指，右手作「ヨ」形，左手作
　　「ﾚ」形，覆手作「🐾」形（即楷書「爪」字）。

人：甲文作「🧍」，象「人」側立形。「人」的寫法很多，
　　不一一列舉，「大」也是人，是「人」的正面形，不過
　　後世被借為「大小」的大，所以只通行側面的「人」
　　了。

心：金文作「心」，篆文作「心」，象心臟的形狀。

女：金文作「女」，篆文作「女」，象女子側身斂衽的形
　　狀。

木：甲文作「木」，金文作「木」，篆文作「木」，象樹木
　　有枝有根的形狀。

竹：金文作「竹」，篆文作「竹」，象國畫竹葉的形狀。

瓜：篆文作「瓜」，象瓜實連蒂，左右為攀緣絲的形狀。

禾：甲文作「禾」，金文作「禾」，篆文作「禾」，象稻
　　禾有穗有根的形狀。

糸：金文作「糸」，篆文作「糸」，象蠶絲抽繹成綑（叫
　　作一紀）的形狀。

門：甲文作「㒳」，篆文作「門」，象雙扇大門的形狀。

戶：篆文作「戶」，門的一半，象單扇小門的形狀。

2.指事

基本要件為：

⑴畫的是抽象符號。

⑵為獨體「文」。

⑶所表現的是虛無的概念。

⑷不兼任何聲音成分。

⑸多為形容詞、動詞。

指事文舉例：

上：甲文作「⊥」或「二」，篆文作「二」，指明在
　　「一」上面的位置，所用以指點的符號有時是一個圓
　　點，有時是一短橫線，有時是一短豎線。

下：甲文作「丅」或「二」，篆文作「二」，指明在
　　「一」之下的位置，造字的方法與「上」同。

一：從陶文直到楷、隸，都是用一條橫線表示「一」的數
　　字。

二：從陶文直到楷、隸，都是用兩條橫線表示「二」的數
　　字。

三：從陶文直到楷、隸，都是用三條橫線表示「三」的數
　　字。

五：從陶文直到篆文，都是用「╳」來表示「五」的數字；

有時也作「X」形。

出：篆文作「↯」，是表示由下向上延伸、滋長、發生的抽象符號。

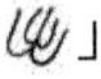

入：從陶文到篆文都作「∧」，上尖銳下寬大，表示「六」的數字；有時正倒兼用，則表示尖銳可入於物，而為出入的「入」。

丩：篆文作「弓」，是表示兩事或兩物糾纏難解的符號。

八：篆文作「)(」，從陶文到楷、隸，都是用「)(」來表示數目字「8」的符號；甲文以後也是表示「違背」「分別」的抽象含義。

厶：篆文作「�」，象自外向內迴捲的「自私」符號。（所以，與「自私」相違背的就是「公」，「八」是「違背」的意思。）

凶：篆文作「凶」，「凵」象一個陷阱，「X」則是危險的意思。

回：篆文作「回」，代表迴轉的抽象符號，也就是回轉的意思。

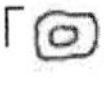

亼：篆文作「∧」，象三個方面聚集在一起，是表示「集合」在一起的抽象符號。（漢字以「三」為多，凡是三以上的東西，只畫三個，所以「三方面」就是「多方面」。）

3.會意

基本要件為：

(1)是合兩體以上的「文」而成的「字」。

(2)有合兩體以上的「象形文」而成的。

(3)有合「象形文」與「指事文」而成的。

(4)也有以「會意」為主而兼「聲」的。

(5)各體都必須獨立成「文」。

會意字舉例：

武：止戈為武，「止戈」就是「戢兵」「收兵」的意思；外
　　侮綏靖，天下太平，是為真武。

信：人言為信，言出於誠，因而可信。

仁：人二顯仁，仁為愛人之心，二人以上，方能顯現。

炙：火烤肉，肉熟味美。

岳：「」三峰大山之上更見兩峰之丘，山高之甚。另一
　　寫法為形聲字作「嶽」。

取：以「又（手也）」取「耳」叫做「取」。古代戰士斬敵
　　首，獲一首升爵一級，取首多不能攜歸，乃取左耳以計
　　數。

牧：以手持棒驅牛，「攴」音樸，象手中持棒。

然：火烤犬肉，古人愛食狗肉。後世再加「火」旁，作
　　「燃」。

暴：日出廾米，篆文作「」，捧米於太陽下曝曬。後世

再加「日」作「曝」。

半：從「八」「牛」會意，「八牛」就是剖開了牛、分割了
　　牛，而不是全牛了。

赤：從「大」「火」會意，因為是「大火」，所以很
　　「紅」。

4.形聲

基本要件為：

⑴是合兩體以上的「文」而成的「字」。

⑵所組合的各體「文」必有一體是代表「字音」的。

⑶組合成分包括象形文、指事文、會意字等。

⑷半表聲，半表義；義表事物大類，聲則直指事物。

⑸各體都須獨立成「文」。

形聲字舉例：

江：從水，工聲；河流名，即揚子江。

河：從水，可聲；河流名，即黃河。

鳩：從鳥，九聲；鳥名，也叫鶻鵃。

鴿：從鳥，合聲；鳥名，鳩類，可飼養。

莊：從艸，壯聲；草很壯大。

芝：從艸，之聲；靈芝仙草。

驚：從馬，敬聲；馬驚駭。

駕：從馬，加聲；馬在軛中。

閭：從門，呂聲；村里大門。

閶：从門，盍聲；天門叫閶闔。

團：从囗，專聲；圓圈。

圓：从囗，員聲；完整的圓圈。

悶：从心，門聲；心氣抑鬱。

聞：从耳，門聲；聽到聲音。

5.轉注

基本要件為：

(1)轉相注釋義同形異的文字，使能統合歸類。

(2)是最初的一個音、一個義的擴展而再造的衍生文字。

(3)是不同時、地、族群的衍生文字，造字仍為象形、指事、
會意、形聲。

(4)有廣義狹義的兩種說法，一是同義而可互訓的文字，另一
是同聲韻而義可互訓的文字。

轉注文字舉例（同義互訓者所在都有，不予舉例；此處只舉
有聲韻關係者數例）：

考老：考者老也，老者考也。二字疊韻，皆以「老」為義。

更改：更者改也，改者更也。二字雙聲，皆以「改」為義。

迎逆：二字皆是相逢迎接的意思。〔ŋ-〕聲母雙聲。

謀謨：二字皆是計謀策劃的意思。雙聲。

顛頂：二字皆是頂顛的意思。雙聲。

枯槁：二字皆是乾枯的意思。雙聲，古音〔k̑-〕〔k-〕不
分。

標杪：二字皆是樹梢的意思。雙聲兼疊韻，〔p-〕〔m-〕皆
　　　為脣音，能互變。

畺界：二字皆是邊界的意思。雙聲。

頭首：二字皆是頭的意思。疊韻。

莫晚：二字皆是昏暮的意思。雙聲，古音「晚」為〔m-〕
　　　聲母。

芳香：二字皆為「香氣」。疊韻。

陰闇：二字皆為「陰暗」義。古音雙聲兼疊韻，「影」〔ʔ-〕
　　　母，皆收〔-m〕韻尾。

6.假借

基本要件為：

(1)來不及造字，借同音字代替，以音代義。

(2)發生在「會意」「形聲」之前，後世仍陸續有假借。

(3)彌補造字的困難，解決用字之不足。

(4)絕大部分的假借字，後世都加注聲符而成了形聲字。

假借文字舉例：

(1)說文所列的假借字（單純的借用同音文字）：

令：本義為「發出號令」，因此假借為「發號的人」，如：
　　縣令。

長：甲文作「長」，象人頭上有很長的頭髮，意思是說人
　　的頭髮越長，也就是年歲最老，所以「長」就有「長
　　老」的意思，因此「長」就被借為「縣長」「首長」的

「長」了。

附說：令長二字的所謂假借，應是許慎誤把「引申義」當作「假借義」了，其實假借只是借音為義，引申義不能算假借。

來：本義是「麥子」的象形文，被借為「來往」的「來」。

烏：本義為「烏鴉」的象形文，被借為嘆氣「烏乎」的「烏」，後來又再加「口」旁而成「嗚呼」。

子：古文作「𭣣」，本義為初生嬰兒的象形文，被借為「十二地支」「子丑寅卯……」的「子」。

朋：古文作「𪎮」，是「鳳」的象形文，被借為「朋黨」「朋友」的「朋」。

韋：從舛，口聲，本義是「違背」的「違」，古代作「韋」，後世才加「辵」作「違」的。被借作「皮韋」（皮繩子）的「韋」。

西：本義是「棲息」的「棲」，篆文作「𪛊」，象鳥在窩上，也寫作「栖」和「棲」。被借為方向名詞「東西南北」的「西」。

⑵先借字根以後再造形聲字：

辟：在初期，所造的文字數量很少，書面語不夠用，不能完全配合「口頭語」來記錄事情，於是就用同音的少數字根來代替使用，直到今天為止，古代的六經、諸子當中，仍然可以看到很多的例子，如：以「辟」來代替「避」「譬」「僻」「闢」，《禮記‧中庸》云：「納

諸罟獲陷阱之中而莫知辟也。」其中的「辟」就是借為
「避」字用的；又：「辟如行遠必自邇。」則是借
「辟」為「譬」；《禮記・大學》云：「人之其所親愛
而辟焉。」則是借「辟」為「僻」，「僻」是「偏心」
的意思；《孟子・公孫丑》云：「地不改辟。」則是借
「辟」為「闢」。

卒：古文常見借為「粹」「悴」「瘁」「萃」「啐」「淬」
　　「倅」「焠」「脺」諸字，到後來深覺混用之不便，才
　　再加「義旁」而成形聲字，以分別其義類的。

方：古文常見借為「防」「妨」「魴」「舫」「彷」「放」
　　「仿」「傍」諸字，到感覺借用易滋混亂之後，才另加
　　「義旁」而成形聲字的。

單：古文借為「襌」「嬋」「憚」「簞」「撣」之用，而後
　　再造各分別義類的形聲字。

九：古文借為「鳩」「勼」「究」「仇」「宄」「軌」
　　「馗」，其後再造所借各形聲字。

且：古文借為「姐」「徂」「狙」「組」「祖」「俎」
　　「詛」「沮」「狙」「鼀」「咀」諸字，而後再造這些
　　形聲字。

兄：古文借為「呪」「況」「貺」「悅」「祝」，而後再造
　　這些形聲字的。

(3)代名詞的假借：

汝：汝水，河流名。借為第二人稱代名詞。

女：本義為「女人」，借為第二人稱代名詞，通「汝」。

乃：本義為「言語出氣受阻」，《尚書‧盤庚》云：「古我先王暨乃祖乃父，胥及逸勤。」則是借為第二身「爾汝」之稱。

爾：本義為「交織靡麗之美」，借為第二身人稱，後世簡字作「尔」，其後又再加「人」旁作「你」。

若：杜若，香草名。借為第二人稱代名詞。

他：从人，它聲，本義是「負荷」，借為第三人稱代詞。隸變以後寫作「他」。

彼：本義是「不斷向前行」，藉以為「他」。

孰：本義是「食物煮得很熟」，藉以為「誰」。

(4)語助詞的假借：

之：本義是「向上長出去」，與「出」同義。借為文言助詞，如「李某之女，張君之妻。」相當於今日白話文中的「的」。

也：本義是「女陰」，借為文言中之語助詞，例多常見，不舉例。

其：本義是「畚箕」的象形文，借為多方面的語助詞，如：《孟子‧滕文公》「有饋其兄生鵝者」，是「彼」之義。

《書‧康誥》「朕其弟，小子封。」是「之」之義。

《詩・秦風・小戎》「溫其如玉」，是「然」之義。

《左傳・僖公五年》「一之謂甚，其可再乎？」是「豈」之義。

《史記・趙世家》「誠愛趙乎？其實憎齊乎？」是「抑」之義。

《易・繫辭》「易之興也，其於中古乎？」是「殆」之義。

此外之例尚多，無法詳舉。

云：本義是「雲霞」的「雲」象形文，借為「語云」的「云」。

焉：本義是「黃色鳥（黃鶯）」的象形文，借為語氣詞。

7.補充說明

說實在的，要想把所有的漢字，用所謂的「六書分類法」，條理清析地歸納為六個大類，根本是不可能的事。因為，前文我們已經提到過：文字是歷經很長的年代，經過很多與文字有關的人物，先先後後陸陸續續的創造出來的。在那個漫長的時間過程裡，造字既沒有規則，也沒有可依循的製造條例，直到很晚很晚的東漢時期，才有一些研究和整理文字的古文學者，把漢字的造字原則，約略地歸納出六個類型來，就是所謂的六書。以這種情況來說，要想用「六書」把所有的漢字清清楚楚地歸成六類，那根本是辦不到的。然而，究竟有些什麼難以分類的現象呢？茲分述如下：

⑴不純粹的「文」難以歸類：

章炳麟先生在他的《文始》一書中，把原始的「文」分成「初文」和「准初文」兩個類型。他所謂的初文就是純粹的「文」，標準型的「象形」「指事」之文，也就是一般文字學家所謂的「獨體為文」之文；他所謂的「准初文」則是指在已經成文的「初文」上頭，加上一個不成文的「符號」，或加上一點兒不成文的「物象」，於是就產生了一種「一體成文」「一體不成文」的「複合文」，可是它既不是「合體的字」，卻也不是純粹的「獨體文」，因此章先生稱它為「准初文」。茲分別舉例如下：

㈠加物象的，如：

血：从皿上有「一」，這一短橫是不成文的，而是表示「皿（盤盂之類）」中盛的盟誓「牲血」，是古代部落結盟時必具的儀式。

石：从厂下有囗，厂是陡峻的崖岸，就是「岸」字的古文，「囗」是不成文的，只是一塊石頭，但又怕人們誤會為「口齒」的「口」或「周圍」的「囗」，所以另加一個「崖岸」的「厂」來界定它是不成文的「石頭」。

果：从木上有⊕，「木」是果樹，「⊕」是果實，不成文。

齒：此字原本是從「凵」上下各有兩顆牙齒，作「𢌞」形，「𢌞」不成文，再到後代又加上一個「止」作字音，就成為形聲字了。

束：从木中有ㄅ，是表示樹木上長有「刺」，ㄅ是不成文
　　的。

母：甲文作「ㄓ」，从女，胸前左右各有一點，象為母而有
　　乳，兩點不成文。

束：从木中有「○」，「○」是綑綁的繩索，不成文。

(B)加符號的，如：

旦：早晨天亮了。从日（太陽）在一（地平線）上，「一」
　　是虛象，不成文。

立：站立。从大（正面人形）在一（任何可站之處）上，
　　「一」不成文。

曰：所說的話。古文作「ㄩ」，从口上出ㄟ，「ㄟ」是說
　　出話來的虛象，不成文。

本：樹木的根。甲文作「ㄓ」，篆文作「ㄓ」，木下的小
　　點或短橫是指示「根」之所在的符號，是虛象，不成
　　文。

末：樹梢。甲文作「ㄓ」，篆文作「ㄓ」，木上的虛象與
　　「本」下的虛象同。

刃：刀口鋒利處。刀上的「、」是指明刀刃之所在，不成
　　文。

牟：牛叫聲。甲文作「ㄓ」，从牛上有「ㄅ」，是鳴叫聲
　　的虛象，不成文。

(2)「減筆文」與「變形文」也難以歸類：

　　另外又有兩種情形：一種是把原來已經造好了的「獨體文」，減少一兩個筆劃，而成另一個新的「減筆文」，也是依六書難以歸類的一種「准初文」。還有一種是把原已造好了的「獨體文」，彎曲一下筆劃、或者把字形顛倒、或者把字形橫倒，而形成一種新的「變形文」，這也是一種依六書難以歸類的又一種「准初文」。茲分別舉例說明如下：

　　(A)減損筆劃的，如：

　夕：黃昏，月亮剛出來。是「月」字的一半。

　虍：虎頭。是「虎」字的頭。

　《：比「川」稍小的水流。以「巛（川）」少一筆造成的准
　　　初文，今作「澮」。

　〈：比「《」更小的水流。以「巛」少兩筆造成，今作
　　　「甽」或「畎」。

　卂：迅速。省略「飛」字的筆劃而成，意思是飛得很快，翅
　　　膀羽毛都看不見了。

　凵：音坎，張口的意思。省略「口」字上頭的一劃而成，意
　　　思是張開了嘴。

　　(B)變更形體的，如：

　屍：躺下的人。古文作「⌣」，是變換「亻」的位置造成的
　　　文。

　屰：倒過來的人。古文作「𡴭」，是顛倒「大」字造成的
　　　文。

交：兩腿相交的人。古文作「夵」，是改變「大」字造成的。

尢：曲脛人，跛足人。古文作「尣」，是改變「大」字而成的。

夭：屈曲，歪頭人。古文作「夭」，是改變「大」字而成的。

勹：「包裹」的「包」的古文。是省略「匀」字造成的。古文作「勹」，原是「胎胞」的「包」，象腹中有子，引申為「包含」的「包」之後，才另造「胞」為「同胞」的「胞」的。

　　說到這裡，我們就可以很明顯地看出來，所謂「六書」只是東漢後期一些整理文字的學者，所歸納出來的六個造字法則，因為是先有文字，後歸納法則的，所以想要把全部的漢字，都歸屬到這六個法則當中去，自然是不可能的。但無論如何，這六個法則對我們研究漢字來說，可以作為一個「分類」、「遵循」、「依據」的鑽研途徑，還是有其一定的價值的。

㈨漢字的優點與簡易識字法

　　有人認為：「漢字是世界上最難學習的一種文字」，其實不然，那只是對漢字沒有深入瞭解的一種錯誤看法。如果你稍稍涉獵一下漢字的起源、結構、以及它的造字規則，就可以發現許多對漢字易識、易用、易通的訣竅，這就是我們所提出來的「漢字

的優點」，而這種優點也正是漢字「易識」「易用」的方法。

其第一個優點是：漢字的初文很少。其二是它的構造非常規律。其三是它的構詞法則很容易掌握。根據這幾個優點，我們就可得出以下的幾個簡易識字方法：

1.先識獨體初文

漢字的初文只有五百一十個（根據章炳麟先生《文始》所計，初文與准初文總合起來，只有五百一十個），且象形、指事之文，看一次篆籀的形貌，便可一見不忘，是最最容易記得的文字。

2.次識合體會意字

會意字也不多，只有一千一百六十七字（胡樸安《文字學入門》的統計），都是用你已經認識的「象形」「指事」文組合起來的，認識起來，必然也是非常容易的。

3.通識合體形聲字

形聲字為數最多，佔漢字總數百分九十以上，只要能識形聲字的「形符」，便可執形以得義；而後再讀其「聲符」以得音，則認識形聲字也就略無難處了。

4.識字不難，用字更易

基本文字既已識得，則以字構詞，識詞特易，如：能識一「車」字，則以「車」構成之詞「牛車」、「馬車」、「汽車」、「貨車」、「火車」、「水車」、「紡車」、「快車」、「慢車」、「早車」、「夜車」、「腳踏車」、「三輪車」、

「獨輪車」、「縫衣車」都可識得了;能識一「船」字,則以「船」構成之詞「輪船」、「汽船」、「帆船」、「貨船」、「客船」、「渡船」、「航船」、「小船」、「大船」、「飛船」、「舢舨船」、「太空船」、「宇航船」、「客貨兩用船」全都可認得了。

二、聲韻學 (*phonology*)

聲韻學,在漢語裡頭,是研究漢語語音的一門學問;但歷來研究漢語語音的學者,在他們研究的內涵當中,其所分析研究的對象,往往是包含了從古到今的整個歷史語音的。不過,在我們這本書裡,所要介紹的,只是現代的漢語語音,因此,這裡所謂的「聲韻學」,也就是指現代的漢語語音而言的了。

㈠語音 (phonetics) 的基本知識

1.聲音 (sound)

聲音是物理的現象,是因為彈性物體受到壓迫而發生振動的結果。語言的聲音也是物理的現象,是具有一般的物理屬性的。彈性物體的振動,經空氣的媒介傳播,傳入我們的耳朵,我們就可聽到了聲音。聲音在傳播時,傳音的媒介(空氣)就成了波浪的形狀,所以我們稱之為「音波」或「聲浪」(sound waves)。如果我們用「浪紋記」或用「音叉」把音波記錄在紙

上的話，就可看出音波的痕跡是像波浪一樣的。所以，若是沒有彈性物體的振動，聲音是不會產生的。人有感知聲音的能力，而人感知聲音就是因為音波刺激人們聽覺器官的結果。但人對聲音的感知是有一定的限度的。人只能聽到每秒振動 16-20000 次之間的聲音，每秒振動不足 16 次或超過 20000 次的聲音，人是聽不到的，或者只感覺是一種壓力，而不是聲音了。

聲音有「樂音」和「噪音」的不同，在日常生活中所聽到的樂器如鋼琴、胡琴、笛子等所產生的聲音，都是樂音（musical sound），而敲門、打鐵、拉鋸等所發出來的聲音，則都是噪音（noise）。人們講話的聲音謂之「語音」，語音也有樂音和噪音之別，例如元音就是純粹的樂音；輔音則是含有噪音的音：清輔音全是噪音，濁輔音和半元音是樂音和噪音的混合，濁輔音含噪音較多，半元音則含樂音較多。

2.聲音的四要素

⑴音長（duration）

音長是指發音體發出來的聲音所延續的時間之長短而言的，發音所用的時間越長，則聲音也就越長；發音所用的時間越短，則聲音也就越短。語音的長短，不僅可用以辨別語言的詞義，同時也是調配詩歌音律的重要因素。

⑵音強（stress）

音強也稱「音重」或「音勢」，是指發出聲音時所用的力量之大小而言的，發音時所用的力量越大，則聲音也就越強，發音

時所用的力量越小，則聲音也就越弱。語音的強弱，也同樣可用以辨別詞義，同樣也是調配詩歌音律的重要因素。

(3)音高（pitch）

音高就是聲音的高低。從物理學的角度來看，在一定的時間內，音波數或發音體的顫動數不一樣，就會產生音高的不同。音波或發音體顫動數多的，音就高；反之，音就低。在每秒鐘內能發出的音波數或發音體的顫動數叫做「頻率」。如有甲乙兩個音，甲音每秒顫動一百次，乙音每秒顫動一百五十次，那麼我們就說乙音的頻率比甲音大，也就是乙音比甲音高。語音頻率的高低，是形成語言聲調的因素，漢語的聲調，就是聲音頻率的高低所形成的，在詞義的區別上，起著很大的作用；而在漢語詩歌音律的平仄運用上，也佔著很重要的地位。

(4)音色（timber nuance）

音色又稱「音質」，是指聲音的質素或個性來說的。它和音長、音強、音高是構成語音的四要素；但它和音長、音強、音高不同，如我們用同樣的音長、音高、音強去發〔a〕、〔i〕兩個音，仍然能發現它們之間有著顯著的不同，原因是〔a〕〔i〕有不同的音色。

從聲學的觀點來說，音色就是發音體顫動形式的不同，或者說是因為音波式樣的不同，波紋的曲折不同。通常音色的差異，是由於下列幾種因素的影響而產生的：

(A)發音體的不同：如簫、鼓、鑼、胡琴的音色之異。

(B)發音方法的不同：同一個絃樂器，用弓拉與用棍敲，音色就會不同。

(C)發音的狀況不同：同一樂器，同樣的發音方法，但因發音體本身受到壓抑，或空氣不通，或如弦的鬆緊、鼓皮的燥濕有了改變，往往都是促使音色變異的因素。人體發音時，口腔、鼻腔的狀況是可以任意變化的，所以也就能發出許多不同音色的語音。

3.語音與語音學（phonetics）

語音就是人們說話的聲音，也就是語言的聲音。而研究語言聲音的這一門學問，就叫做語音學。是一門非常重要的理論科學，也是研究語言聲音的成分、聲音的結構、聲音在語言中的演變，以及探求這些演變的規律，而予以有效的把握，使能更好地學習語言，糾正不正確的發音；更好地進行語言的教學工作，傳播語音的知識；給沒有文字的語言創制文字，編制語言的符號；甚且給那些失去語言能力的人治療「失語病」，這些事情都需要從語音的研究入手。於此也就可見語音學是多麼重要的一門學問了。

4.發音器官（speech organ；vocal organ；articulation organ）

我們這裡說的發音器官，是指人們語言的發音器官而言的。在這裡，我們不擬作細膩的生理說明，只作簡明的器官名稱介紹，簡單地說，人們的發音器官約略分為三個部分，那就是：

(1)呼吸部分：肺（包括氣管、支氣管）。

(2)發音部分：喉頭、聲帶。

(3)調音部分：

(A)口腔（包括唇、齒、顎、舌）。

(B)鼻腔

5.與發音有關的器官（point of articulation）

(1)上下唇（lips）：在口腔的最外部，是幫助發音的重要部位，也是食物和空氣的進口處，鼻腔不通暢時，偶而也幫助呼吸。

(2)上下齒（teeth）：幫助發音的重要部位，在兩唇之內，上下顎的周沿，排列成上下兩個大半圓形，通常人的牙齒，最多是三十二顆。

(3)齒齦（teeth ridge）：上顎（上口蓋）前沿門牙裡邊根部的牙肉，常是幫助發音的重要部分。

(4)硬顎（hard palate）：上顎靠前而凹進去的部分，是硬而不會動的，也是幫助發音的重要部分。

(5)軟顎（soft palate）：上顎的後半軟肉的部分，也是幫助發音的部位。

(6)小舌（uvula）：上顎後的終點，軟而能上下伸縮的部分，也是幫助發音的部位。

(7)鼻腔（nasal cavity）：自小舌可掩塞的部分算起，一直到整個鼻竇而至上唇的外面與鼻交接處為止，統稱為鼻腔，鼻腔雖

是固定不動的，卻是幫助發音的重要部位。

(8)口腔（mouth）：指從喉頭之上，向前直到兩唇可封閉處為止的口部內腔，其中附帶有許多其他的器官，如舌、齒、顎、小舌等，都是幫助發音的有關部位。

(9)咽頭（pharyngeal cavity）：舌根和喉壁之間的空間，也是幫助發音的部位。

(10)舌頭（tongue）：舌頭本身並沒有界限的區分，但研究語音學的人為說明發音部位，卻把它分成三部分：

(A)舌尖（blade of tongue）：舌頭的前端部分，能尖能圓，能長能短，是幫助發音也是非常靈活的調音部位。

(B)舌面前（front of tongue）：舌頭靜止時上面對著硬顎的部分，其前端就是舌尖，也是重要的幫助發音部位。

(C)舌面後（back of tongue）：舌頭靜止時對著軟顎的部分，其前部就是舌面前，也是幫助發音的重要部位。

(11)喉蓋（epiglottis）：也就是「會厭軟骨」，呼吸時打開，讓空氣可以在氣管內自由暢通；飲食時它就會蓋住氣管，不讓食物漏入氣管，與幫助發音也有很大的關係。

(12)食道（food passage）：對發音略有影響，但絕大多數時間與發音是不相關的。

(13)氣管（wind-pipe）：下通肺，上接喉頭，是空氣出入肺部的通道，和發音有密切的關係。

(14)喉頭（larynx）：由盾狀軟骨、環狀軟骨、及破裂軟骨所

組成的、一個圓筒狀物，從頸項的外表看來，它就是喉結，也與發音有密切關係。

⒂聲帶（vocal cords）：在喉頭的中間，自前向後連著兩片肌肉的薄膜，雖不是帶狀物，但習慣上都稱之為為「聲帶」。它是語言發音最重要的部分。

⒃聲門（glottis）：兩片聲帶中間的空隙叫做「聲門」，可開可合，空氣從空隙中通過，與發音有密切關係。

⒄肺（the lungs）：在胸腔的裡面，可收可放，收時肺囊縮小，放時肺囊膨脹，是像風箱一樣的器官。也是幫助發音的重要器官。

⒅橫隔膜（the diaphragm）：是幫助肺部收縮或膨脹的器官，橫隔膜降低時，胸腔擴大，肺部就膨脹；橫隔膜上升時，肺腔就瘔下，肺部的容量也就縮小了。所以，橫隔膜也是幫助發音的重要器官。

6.調節語音的器官

調節語音的器官，叫做「調聲部」，是全體發音器官當中的一部分，調聲部的作用，是將喉部所發出的聲音，直接調協或使之變化，更或將喉部所出來的空氣，加以改變或阻礙，使形成所需要的聲音。茲列舉各器官及其作用如下：

⑴咽喉（pharyngeal cavity or pharynx）

也叫「咽頭」，就是在喉部上位的一個空洞，和口腔、鼻腔相連。由咽頭至口腔之間是沒有任何障礙的；但由咽頭至鼻腔，

當軟顎下垂時，其間的通路固十分自由，但有時軟顎也可將鼻腔的通路閉塞的。普通呼吸之際，或發鼻音時，軟顎下垂，鼻腔開通；到發鼻音以外的音時，則軟顎與咽頭的後壁密接，因而也就閉塞了鼻腔的通路了。

(2)口腔（mouth）

口腔是聲音形成的最重要場所，無論是調協聲音，變化聲音，都與口腔的各部分發生密切的關係，現在把它們分別說明如下：

(A)口的開合：開口的大小，舌的運動，口腔各種形狀的變化，都大大地影響到各種不同聲音的共鳴作用，於是也就因此而產生各種不同的聲音。

(B)齒：齒的作用經常是與舌頭的運動相隨而行之的，有時上齒與舌之間可發一種音；有時舌尖，插入上下齒之間又可發另一種音；而上齒與下齒密接又可發出更為不同的另一種音。

(C)齒齦：齒齦跟舌的配合就可發音，尤其是上齒齦與舌尖或舌面的配合。

(D)舌：通常分舌為四部分，即舌尖、舌面前、舌面後和舌根。因為舌與硬顎、軟顎、上下齒、齒齦的配合，可產生舌尖音、舌尖面混合音、舌面前音、舌面後音、舌根音等。舌是調節語言的極重要部分。如果一個人的舌有了毛病，很多音就可能因此而發不出來了。

(E)小舌：在軟顎的末端處垂下的部分，在比較特殊的情況下

才與發音產生直接關係，如要發「滾音」時，小舌多多少少就有些關係了。

㈥顎：顎分硬顎和軟顎兩部分，硬顎在前，軟顎在後。而硬顎又有人把它分成前硬顎、中硬顎、後硬顎三部分；軟顎則分成前軟顎和後軟顎兩部分。顎的本身除軟顎可起變化外，硬顎是不會改變形態的，但顎與舌的配合，則可產生許多不同多的聲音。

㈦唇：上下唇的開、合、圓、展，對聲音的改變極大，有時下唇還可與上齒相接摩擦而發音，所以唇也是調節語音十分重要的一部分。

(3)鼻腔（nasal cavity）

鼻腔在生理上屬於固定不變的形態，不象口腔那樣複雜且變化多端，人們在發鼻音或鼻化元音時，鼻腔就是氣流的通路，而發生共鳴的作用。

7.發音方法（manner of articulation）和音類

發音方法是指當我們需要講話時，各部門的發音器官相互配合運作的一種現象。茲分述如下：

(1)閉塞（occlusive or plosive）

是指我們在說話發音時，發音器官緊緊接觸，而造成了氣流的阻塞，或阻塞後又突然打開，讓氣流緊迫地衝出去而發出「輔音」（consonants）來，這種情況叫做「閉塞」，而在這種情況下所發的音，叫做「閉塞音」。這種阻塞的動作，按先後的程式，可分為「成阻」、「持阻」、「除阻」三個階段，因為這三

個階段都是為發音而產生的，所以發音的成阻階段也叫「音首期」，持阻期則也叫「緊張期」，除阻期也叫「音尾期」。茲分述如下：

(A)成阻（closure；onset；tension）

成阻期是發音過程的第一階段，當我們要發一個音時，必須使發音器官發生接觸，或使口腔形成某種形式的共鳴器，藉以構成發音狀態。例如發〔p〕音時，我們首先要把上下唇合攏來，把口腔閉住，這種作用，語音學上叫做「成阻」（tension），其間的過程就叫作「成阻期」。

就一般的情況來說，每個音都是有成阻期的，我們這裡因為先討論「閉塞」和「閉塞音」，所以就把這個名詞先在這裡說明，以下討論到「摩擦音」時，就不再討論這個名詞了。在某種特殊的條件下，或受前後音節影響的條件之下，成阻期是有可能不存在的。如〔assa〕這個音當中的第二個「s」，因為它的成阻期已和第一個「s」的除阻期接合在一起，它所需要的發音位置已由第一個「s」準備好了，所以第二個「s」就自然的消失了成阻期了。又如我們閉著雙唇休息時開始發〔s〕這個音，就不必有第一階段器官的閉塞，因為這個姿態在你閉嘴休息時先已形成了，所以也就省了成阻期了。

(B)持阻（keep tension）

「持阻」是發音過程中的第二個階段，是形成「成阻」狀態以後到恢復正常狀態之前，所經過的持續肌肉緊張的一個階段。

如我們發〔p〕音時，無論你是從開唇或閉唇出發，都可以感覺到有許多緊張的動作：如上下唇緊緊地閉攏，橫隔膜、喉頭、舌頭都在用力，把空氣擠到雙唇的後面，最後產生破裂作用。成阻和除阻在某些條件下可能不存在，但持阻卻是在任何情況下都是必然存在的。

就閉塞音來說，持阻是口腔的完全閉塞，除了「有聲閉塞音」（即濁塞音）在持阻期內含有聲帶顫動的微弱聲音外，純粹的閉塞音其持阻期是沒有聲音的。它的聲音產生在成阻期或除阻期，或同時產生在成阻期和除阻期，除了它的除阻期不存在以外，（如入聲字的塞音韻尾就不存在除阻期），一般發出聲音的都在除阻期。

元音（vowel）也是有持阻期的，元音的持阻期是結合著各種不同形式的共鳴器的肌肉緊張的；摩擦音的持阻是口腔持續收斂，讓口腔保持一條狹縫，使空氣從狹縫中擠出去，而發生摩擦的聲音。元音和摩擦音在成阻和除阻期是沒有聲音的。它們的聲音正好產生在持阻期。此處既已把「持阻」的道理完全說明，下文再討論「摩擦音」和「元音」時，就不再重複此一名詞的含義了。

(C)除阻（off tension）

除阻是發音過程中的最後一個階段。當發音動作即將完成的時候，發音器官由發音狀態變為其他狀態，就叫作「除阻」。閉塞音的除阻是一個破裂動作，要不就是單純的發音器官的休息與

放鬆；元音和摩擦音的除阻，則是開口度的增減，或發音器官的休息和放鬆。

在某些條件下，除阻階段也是可以不存在的。如〔assa〕這個音綴當中的第一個〔s〕，因為第二個〔s〕成阻正和第一個〔s〕的除阻期緊緊地結合在一起，於是也就用不著除阻了。又如廣州話「立」〔lap〕當中的〔-p〕，閉塞以後不發其他開口音，雙唇用不著打開，因此也就省去了除阻階段了。

(D)破裂與不破裂（cracked；split or uncracked）

破裂與不破裂，主要是指發閉塞音；而且閉塞音的破裂與不破裂，是指狀況完全發生在音節最末尾的一個音而言的。發音節尾的閉塞音時，如果是從持阻一直延續到除阻之後才結束的，這就叫作破裂的閉塞音；如果只發到持阻期就不再延續下去的，就叫不破裂的閉塞音。這完全是因為人們在語言的運用上，同樣地發一個音，在不同的情境下，或者在不同的習慣下，往往有不同的現象出現。如英語「hope」〔hop〕當中的〔-p〕，習慣上總是要發破裂才算是準確的；而廣州話「立」〔lap〕當中的〔-p〕則是不除阻不破裂的。

(E)送氣（吐氣）與不送氣（aspirated or unaspirated）

送氣音（也叫吐氣音）和不送氣音，是閉塞音和閉塞摩擦音（簡稱塞擦音）所特有的辨義成分。

在發塞音的時候，當成阻以後，持阻期所表現的就是緊張，這時凡跟發音有關的各部分肌肉都成緊張狀態，除了各部分緊張

以外，還有些動作是我們所沒有覺察到的：第一、如果軟顎是垂下的話，它就上升，掩住了鼻腔；第二、聲門關住了，空氣由各種有作用的器官（如舌、軟顎等）壓到阻塞部分的後面，等待爆發出去。這以上是指一般不送氣的塞音而言的，如果是送氣音的話，情形又不同了，因為發送氣音時，聲門是開放的，喉頭不上升，各種把空氣壓到阻塞部分去的器官，都是放開的。因為不送氣音是用咽頭或口腔中所有的空氣氣來發音的。送氣音又稱稱「吐氣音」，是指氣流較強的閉塞音而言的，塞擦音也分送氣與不送氣，其現象與塞音相同。送氣音是和不送氣音相對而言的，其實發不送氣音時也是有氣流從口腔流出去的，只是氣流比較弱罷了。送氣音實際上是在發音時後面帶了一個摩擦成分，這個摩擦成分通常是喉門擦音〔h〕，所以〔p´〕＝〔ph〕，〔t´〕＝〔th〕。通常是：送氣和不送氣跟「清音」的關係比較大；在有些語言中（如英語、德語等），清音只是送氣的；在另一些語言中（如法語、俄語等），清音只是不送氣的；但在漢語的各個方言裡，清音的送氣和不送氣，是用作辨義的必要條件的，如標準普通話和北方官話、吳語等方言中的「補」和「普」，「多」和「拖」，「歌」和「科」，就完全是靠送氣和不送氣來辨義的。在梵語和現代印度境內各語言（如印地語）裡，濁音的送氣和不送氣也具有辨義的作用。

　(F)清（有聲 voiceless）與濁（無聲 voiced）

　　語言輔音（consonants）的「清」和「濁」，因為在很多語

言中是把它們用為辨義要素的，所以在各民族不同的語言中，有時是被列為非常重要的成分的。

有聲輔音與無聲輔音的區別，不僅僅是塞音有這種現象，其他如擦音、塞擦音也都有清、濁兩類的，簡單地說：凡發音的緊張階段，有聲帶均勻振動的，就是濁音，所以濁音是一種「響音」，除塞音、擦音、塞擦音之外，鼻音、邊音、顫音、閃音和半元音也都是濁音，且有些濁音（如〔m〕〔ŋ〕等）在某些時候是可以單獨成為音節使用於語言中的。

從塞音方面來看，除了喉塞音之外，清塞音都有一個濁塞音跟它相配的。跟〔p〕〔t〕〔k〕三個清塞音相配的濁塞音是〔b〕〔d〕〔g〕。

再換一個角度來看，閉塞音又可分為「軟」、「硬」兩大類，或者有些語言學家稱之為「剛」、「柔」兩類。通常是：凡是清的閉塞音，一定都是「硬塞音」；凡是濁的閉塞音，一定都是「軟塞音」。這種分別，可以從「浪紋計」所顯示的痕跡上看出來。實際上是：凡是清音，因為聲帶不顫動，所摩擠出來的噪音，乾烈而不潤澤，自然是硬性、剛性的；若是濁音，因聲帶在顫動，所發出來的是「樂音」「噪音」的混合，自然是較為柔性的音了。

(2)摩擦（**fricative; spirant**）

要發音的器官相互靠得很近，在口腔中造成一個縫隙形的通道，使氣流從縫隙中擠過時，發生強烈摩擦而形成類似自然界的

摩擦噪音（如擦拭、拉鋸聲等）的聲音。所以這種因摩擦而產生的是聲音也叫「收斂音」（constrictive），也簡稱為「擦音」。廣義的摩擦音包括了「擦音」「邊音」「顫音」「閃音」「半元音」五類，狹義的摩擦音只單指「擦音」。

摩擦音也有清、濁兩類，清摩擦音是純粹的摩擦音，濁摩擦音則是摩擦噪音和聲帶樂音的混合。摩擦音的音尾是開口度的增減，或發音器官的休止和放鬆。所謂「開口度」，就是指緊張時口腔開張的洪細或寬緊而言的。發摩擦音時，若後面接著是一個元音，它的音尾就會增加開口度；若後面沒有接上其他的音，它的音尾就可能有兩種情形：或是加大開口度，或是縮小開口度，這要看發音人休息時要開口或閉口而定。我們也可叫元音之前的摩擦音為「破裂摩擦音」（如〔sa〕當中的〔s〕）。我們可從發音緊張的角度去看，而稱「破裂摩擦音」為「增強的摩擦音」；稱「不破裂的摩擦音」為「減弱的摩擦音」。

因發音部位的不同，各民族現見的摩擦音已有下列十二種：

(A)雙唇擦音（bilabial fricative）

(B)唇齒擦音（labio-dental fricative）

(C)舌齒擦音（亦稱邊齒音 lamina-dental fricative）

(D)舌尖齒齦擦音（apico-aveolar fricative）

(E)捲舌擦音（亦稱翹舌擦音 retroflex fricative）

(F)舌葉前顎擦音（lamina-palatal fricative）

(G)舌面中顎擦音（dorsale-central palatal fricative）

(H)舌面後硬顎擦音（dorsale-back palatal fricative）

(I)舌根軟顎擦音（velar fricative）

(J)舌根小舌擦音（uvular fricative）

(K)喉壁擦音（laryngeal fricative）

(L)喉門擦音（laryngo-pharyngeal fricative）

(3)塞擦（**affricate**）

在閉塞之後緊接著是摩擦的動作，所發出來的音叫作「塞擦音」。換言之，塞擦音是由存在於同一個音節中的一個塞音和一個擦音結合而成的，它又稱「閉塞摩擦音」或「破裂摩擦音」。如：〔ts〕〔tʂ〕〔tɕ〕〔tʃ〕〔pf〕〔kh〕〔th〕〔dz〕〔dʐ〕〔dʑ〕〔dʒ〕〔bv〕〔gɤ〕等都是的。當我們發一個塞擦音聲時，發音器官在發出一個個塞音後，閉塞解除，而立即又造成一個縫隙，繼續發一個擦音，緊密凝聚而成一個塞擦音。換句話說：塞擦音簡直就是閉塞逐漸解除的塞音。塞擦音中的「塞」和「擦」結合緊密，給人有一種「單輔音」的感覺。

因塞擦音兩個發音部位遠近的不同，可分為「真性的塞擦音」和「假性的塞擦音」兩類，茲分述如下：

(A)真性的塞擦音

塞擦音中的塞音和擦音發音部位相同，可以緊密地結合，給人一種單輔音的感覺，這一類塞擦音也有人稱之為「狹義的塞擦音」，如前述的〔ts〕〔tɕ〕〔tʂ〕〔tʃ〕〔pf〕〔kh〕〔th〕〔dz〕〔dʐ〕〔dʑ〕〔dʒ〕〔bv〕〔gɤ〕等是。

(B)假性的塞擦音

塞擦音的塞音和擦音發音部位不同，雖然它們結合在同一音節中，可是它們沒有像真性塞擦音那樣緊密地結合，不能給人一種單輔音的感覺，卻仍舊要清楚地唸出兩個音。甚且所結合的擦音是廣義的摩擦音，其與狹義的摩擦音就更不相同了。這一類的塞擦音有人又稱之為為「廣義的塞擦音」，如：〔ps〕〔bz〕〔pʃ〕〔bʒ〕〔ks〕〔gz〕〔kʃ〕〔gʒ〕〔tf〕〔dv〕〔pr〕〔pj〕〔pl〕〔pw〕〔tr〕〔tl〕〔tj〕〔tw〕〔kr〕〔kl〕〔kj〕〔kw〕等都是假性的塞擦音，也都可以稱之為為廣義的塞擦音」。

此外，有些語言還存在有一種帶有兩個摩擦音素的塞擦音，如：梵語中的〔tʃx〕〔dʒx〕等，也都可歸入到廣義的塞擦音當中去，因為其所以為「閉塞音和摩擦音結合」，而且同處在一個音節的緊張之中的原則是完全一致的。既是如此，則我們漢語當中的「送氣塞擦音」也可以歸入到「廣義的塞擦音」中去了。

(4)純元音（**vowel**）

我們這裡提出一個「純元音」的名稱，只是指與「半元音」相對稱而言的，實際上我們這裡要討論的就是「元音」。元音和輔音一樣都是音素中的兩個基本大類。元音有三種特徵，茲分述如下：

(A)發元音時，氣流在咽腔、口腔、鼻腔等各個部分都不會碰到任何阻礙，只需利用口腔、鼻腔等能控制的部位，造成不同的

共鳴器，就可以發出不同的元音。

(B)發元音時，發音器官的緊張狀態是均衡的，並沒有任何一部分會特別緊張一點。

(C)發元音時，氣流要比發輔音（尤其是清輔音）時弱一些。

元音的這三個特徵不是孤立的，識別元音時需要把它們統合起來，作一體去看，而三個特徵中以第一特徵為特別重要。

除上述的三個特徵外，還有一些語言學家們的意見，也是可以供我們參考的：如元音都是樂音，發一個元音時，除聲帶作均勻的振動以外，其他的發音器官都是靜止的等等，這些意見都可以把它看成是元音的一般特徵。

根據上述的那些特徵，在我們的漢語普通話中就可以找到七個最基本的元音，那就是：〔a〕〔o〕〔ə〕〔e〕〔i〕〔u〕〔y〕。

(5)半元音（semivowel）

半元音是一種輕度的摩擦響音，是諸多摩擦音中的一個類型，所以它實際上是一種摩擦輔音，因而也就有人稱之為「半輔音」（semiconsonant）。半元音發音時的摩擦較一般輔音的摩擦輕，所以又稱「無擦通音」。因半元音的樂音性較大，介乎元音和輔音之間，「半元音」或「半輔音」也就因此而得名。通常的半元音有三種，就是把〔i〕〔u〕〔y〕三個高舌位的純元音加一點點輕微的摩擦，就會產生〔j〕〔w〕〔ɥ〕三個半元音，這是各民族的語言中最常用到的三個半元音。

(6)鼻化（nasal）

講話發音時，如果空氣從鼻腔出來，而產生共鳴的現象，這就是語音的「鼻化作用」，簡稱為「鼻化」。鼻化程度的大小，要看軟顎下垂的程度和擋住鼻腔通道的多少而定。口腔的某個部位受阻，軟顎下垂，鼻腔開放，讓空氣從鼻腔流出去，而產生的音，稱為「鼻音」或「鼻輔音」，如〔m〕〔n〕〔ŋ〕等。實際上，這些「鼻閉塞音」〔m〕〔n〕〔ŋ〕就是由「口閉塞音」〔b〕〔d〕〔g〕的完全鼻化而來的，所以，「鼻音」也就是「鼻化輔音」。通常一般人稱「完全鼻化音」為「鼻音」，而稱「部分鼻化音」為「鼻化音」。所謂的「鼻化音」就是軟顎略為下垂，但不至於完全擋住空氣通向口腔的通道，這樣一來，空氣就可以同時從口腔和鼻腔流出，這是部分鼻化，這樣產生的音一般人都稱之為「鼻化音」，在國際音標中是用一個〔~〕符號加在音標的上面，以表示該音的鼻化作用。至於完全鼻化的「鼻音」，因為每個音都有自己的音標，所以也就不必在音標之上加〔~〕模樣的鼻化符號了。

元音和輔音都可以鼻化，如西安話的「奔」〔pɛ̃〕和廈門話的「毛」〔mɔ̃〕就是〔ɛ〕〔ɔ〕的鼻化，這是元音鼻化的例子；至於輔音方面的鼻化，則如漢口話的「李」〔l̃i〕和「魯」〔l̃u〕，就是邊音〔l〕的鼻化。

有時軟顎下垂得不夠，致使大量的空氣從口腔通出來，而僅留少量的空氣隨後滲入鼻腔，這樣產生的音，僅在音素的末尾略

帶鼻化，所以有人稱之為「半鼻化音」，如上海話的「忙」，〔mɒ̃〕南京話的「安」〔ã〕是。半鼻化音的鼻化符號必須標在「鼻化音素」的右上方，不要標在鼻化音素的正上方，這樣才容易區別鼻化的程度。

8.音素（phonetic elements phone）

音素就是指語音的基本元素而言的，它是語音經分析之後的最小單位。若是依據組成音節成分的發音動作來分析，一個發音動作，就是一個音素。因為各個發音動作特點的不同，也就構成了語音中不同的音素。音素不同於「音位」（phoneme），音素是語音中無法再加分析的最小單位，「音位」則是以「辨義」為基準的單位，有時一個個音素就是一個音位，有時一個音位可能包含了兩個以上發音相近的音素，如「安」〔an〕、「啊」〔A〕、「大」〔tɑ〕三個音節，用了前〔a〕、中〔A〕、後〔ɑ〕三個不同的「啊」音素，可是在漢語拼音當中，只把它們合為為一個〔a〕音位來用，也就不必那麼細分為為三個個音素了，這就是音素和音位的不同處。

9.音位（phoneme）

音位是指語音當中最小的「辨義單位」而言的。如「巴」〔pa〕、「比」〔pi〕、「布」〔pu〕三個詞所用的三個音節，它們的首音都是〔p〕，而三個音節的區別在於〔a〕〔i〕〔u〕三個元音，這三個不同的元音，就是「巴」「比」「布」三個詞的最小「辨義單位」。音位不同於音素，音素是語音最小的單

位；音位則是「辨義」的最小單位，有時一個音位就是一個音素，有時可能是兩個以上的相似音素混合為一個音位。

從物理學或生理學的角度分析出來的聲音現象，在不同的語言中，需要用不同方法去處理。有些現象在某一種語言中需要區別，而在另外一種語言中卻可以不區別。如漢語當中「霸」〔pa〕這個詞的音，那是絕對不可讀成〔p̔a〕的，因為這就成了「送氣」的雙唇塞音，這一來它就變成另外一個詞──「怕」了。但是如果我們把它讀成〔ba〕卻還勉強可以，因為讀成〔ba〕不會引起詞義上的誤解。這種現象在法語中卻正好相反，例如「pas」〔pɑ〕（不）裡面的〔p〕絕對不可以讀成〔b〕，因為這樣使得別人會誤解為另外一個詞──「bas」〔bɑ〕（下），但是如果我們把〔p〕唸成〔p̔〕卻不會引起詞義上的誤解。由此我們可以看出，語音現象是一種人類團體的社群現象，不能單純地從物理學或生理學的角度去看問題。一定要結合社群語言詞彙意義或語法意義的聲音現象來看問題。

各種語言都有一套「音位系統」，深入研究各社群不同語言的音位系統的學問，稱之為「音位學」（phonemics），是語音學當中的一個部門。且是以語音的分析為基礎，依據語言的社會功能原則，貫串各社群語言的語音、詞彙、語法的不同結構，來研究各社群語言音位系統的一門學問。

10.辨義作用（distinctive）

如果組成語詞的聲音成分，是負有「辨別詞義」功能的成

素，那麼我們就說這個成素有「辨義」的作用。一個語詞聲音所組成的「音位」，有時是「有辨義作用」的，有時卻是「沒有辨義作用」的，如「乖」〔kuai〕和「官」〔kuan〕兩個詞的「音綴」當中，〔kua〕是沒有辨義作用的，只有〔i〕和〔n〕才是有辨義作用的。因此，所有組成各個音綴的成素，就被分析得非常精細，而在組成的語言成素當中，也就被區分為「辨義形態」與「無義形態」兩種。

(1)辨義形態

所謂「辨義形態」是指語言中所發的聲音是有「辨義作用的」，其實也就是「有辨義作用的聲音形態」的簡稱。如英語「speak」這個詞當中的〔p〕，在習慣上是不送氣的；可是在另一個詞「peak」當中的〔p〕，在習慣上卻是要送氣的。但習慣盡管是習慣，盡管它們有一定的出現條件，在某種條件下就送氣，在某種條件下就不送氣，可是在英美人來說，他們並沒有留意到這兩個〔p〕的區別會有什麼必要，或者說有什麼重要。因為送氣與不送氣在他們的語言中，是沒有「辨義作用」的，所以在英美人說話的過程中，根本就不會注意到送氣或不送氣的問題。反過來說，在我們漢語中「爸」〔pa〕和「怕」〔p'a〕裡頭的兩個〔p〕，前者不送氣，後者送氣，是有辨義作用的，如果把它們混為一談的話，兩者之間的不同詞義，就無法區分了，這兩個〔p〕之必需分不送氣與送氣，其在辨義上所佔的重要地位是顯而易見的，因此我們就說：這種差別，必須嚴格區分的現

象，就叫作「辨義形態」。

(2)**無義形態**

「無義形態」和「辨義形態」是相對而言的，也就是兩個聲音在音質上為「無辨別意義作用的聲音形態」，我們稱之為「無義形態」。前面所說的「speak」和「peak」當中的兩個〔p〕，雖然英美人說話時有「不送氣」和「送氣」的不同發音習慣，可是兩者之間並無辨義的作用，因此我們就稱這兩個不同的〔p〕為「無義形態」的成素。

11.**輔音**（子音，consonants）

我們中國的語言學界譯「consonant」為「輔音」，而譯「vowel」為「元音」，日本人則譯為「子音」和「母音」。因此，目前在臺灣的學術界，兩種不同的名稱，都在分別被使用：凡專門研究語言的學者，都用「輔音」「元音」兩個名稱；而教英語的教師則都用「子音」「母音」兩個名稱。本書為「語言學」的論述，所以採用「輔音」和「元音」的名稱。

輔音和元音是基本音素中的兩個大類。輔音有三個特徵：

第一特徵是：發音時氣流必須在發音器官的某一部分衝破一定的阻礙。譬如發「破」字的聲母〔p̍-〕時，氣流必須衝破緊閉的雙唇。

第二特徵是：發音時造成阻礙的那一部分發音器官在氣流衝出時，要比其他部分特別緊張一些。我們再拿以上所舉的〔p̍-〕為例，唇在氣流衝出時要比其他部分的器官緊張一些。

　　第三特徵是：發音時氣流總比元音強，而且清輔音更為顯著。

　　識別輔音的三個標準是互相聯繫著的，需要把它們緊密地結合起來去分析輔音，不可分開來作個別特徵的看法，其中第一特徵在識別輔音時尤其特別重要。

　　至於要如何識別輔音，除上述的三個基本特徵之外，有些一般性的徵象也是值得注意的。如發音時發音器官通常都不是靜止的，噪音的成分都比較重等等，這些都可以把它看成是輔音的一般特徵。根據上述的那些特點，我們在標準漢語的發音當中，可以找到廿一個用為「聲母」（initial of syllebale）的單輔音及複輔音，那就是：〔p〕〔p′〕〔m〕〔f〕〔t〕〔t′〕〔n〕〔l〕〔k〕〔k′〕〔x〕〔tɕ〕〔tɕ′〕〔ɕ〕〔tʂ〕〔tʂ′〕〔ʂ〕〔ʐ〕〔ts〕〔ts′〕〔s〕。

　　前述的輔音，除依發音方法區分可分為「塞音」「擦音」「塞擦音」「邊音」「顫音」「閃音」和「半元音」以外；依音綴結合的多寡區分，又可分為單輔音和複輔音兩種：

(1)單輔音

　　語音在構成一個音節的時候，如果當中只有一個輔音，或者這一個輔音的前後只有母音，或者雖有其他輔音，但相互之間卻是有元音間隔著的，這就叫作「單輔音」。如〔tea〕〔eat〕〔hite〕這幾個音節中的輔音都是單輔音。其實，說「單輔音」並無特殊的意義，只是相對於「複輔音」而言的一個稱謂而已。

(2)複輔音

　　凡是兩個或兩個以上不同的輔音結合在一起的，就叫作「複輔音」或「輔音叢」。它們必須在同一音節之內，處在同一增強的緊張上，或同一減弱的緊張上。以這種條件來看，則前文所敘述過的「狹義的塞擦音」、「廣義的塞擦音」也都是「複輔音」之一了。除了不同類型的塞擦音之外，還有另外的四種複輔音，其結構都與廣狹二義的塞擦音不同，茲分述如下：

　　(A)由兩個不同的閉塞音結合成的複輔音：如英語的「act」〔ækt〕，「apt」〔æpt〕中的〔-pt〕和〔-kt〕；法語「strict」〔strikt〕中的〔-kt〕等是。

　　(B)由兩個不同的摩擦音結合成的複輔音：如英語的「slick」〔slik〕，法語的「svelte」〔svɛlt〕中的〔sl-〕和〔sv-〕等是。

　　(C)由一個摩擦音和一個閉塞音結合成的複輔音：如英語的「school」〔skul〕，「speak」〔spik〕；法語的「ski」〔ski〕，「spic」〔spik〕中的〔sk-〕和〔sp-〕等是。

　　(D)由三個以上的單輔音結合成的複輔音：如英語的「spring」〔spriŋ〕，「stream」〔strim〕；法語的「stricte」〔strikt〕中的〔spr-〕和〔str-〕等是。

（輔 音 表）

音類 \ 音標 / 清濁 \ 發音方法	雙脣音		脣齒音		舌齒音		舌尖齒齦音		舌尖前顎音		舌葉前顎音	
	清	濁	清	濁	清	濁	清	濁	清	濁	清	濁
塞　音	p	b					t	d	ʈ	ɖ		
鼻 化 音		m		ɱ				n		ɳ		
擦　音	φ	β	f	v	θ	ð	s	z	ʂ	ʐ	ʃ	ʒ
邊　音							ɬ	lʒ		ʃ		
顫　音								r				
閃　音								ɾ		ɽ		
半 元 音	ʍ	w ɥ		ʋ				ɹ				

音類 \ 音標 / 清濁 \ 發音方法	舌面中顎音		舌面後硬顎音		舌根軟顎音		舌根小舌根		喉壁音		喉門音	
	清	濁	清	濁	清	濁	清	濁	清	濁	清	濁
塞　音	c	ɟ	C	ɟ	k	g	q	G			ʔ	
鼻 化 音		ɲ		ɲ		ŋ		N				
擦　音	ç	ʝ	ɕ	j	x	ɣ	χ	ʁ	ħ	ʕ	h	ɦ
邊　音				ʎ								
顫　音								R				
閃　音												
半 元 音			j (ɥ)(ʍ)(w)					ʁ				

12.元音（母音，vowel）

我們中國的語言學界譯「vowel」為「元音」，與日本人的譯為「母音」不同。我們的語言學者都用「元音」這個詞，只有教英語的教師們採用「母音」這個譯名。

元音和輔音一樣，也是人類語言「音素」中的兩個大類。元音有三個特徵，茲分述如下：

第一，發元音時，氣流在咽腔、口腔、鼻腔等各個部位都不會碰到任何阻礙，只需利用口腔、鼻腔等部位造成不同的共鳴器，就可以發出各種不同的元音了。

第二，發元音時，發音器官的緊張是完全均衡的，並沒有任何特別緊張的發音部位。

第三，發元音時，氣流要比發輔音（尤其是清輔音）時弱一些。

元音的這三個特徵不是孤立的，識別元音時必須把它們緊密地結合起來，作一個整體去看，而三個特徵之中，以第一個特徵尤為重要。

除上述的三個特徵外，還有一些語言學家的意見也可供我們參考：如元音都是樂音，發一個元音時，除聲帶作均勻的振動外，其他發音的器官都是靜止的，等等，這些見解都可以把它看成是元音的一般特徵。

(1)舌面元音

根據上述的那些特徵，在我們的漢語標準音當中就可以找到

七個最基本的舌面元音，那就是：〔a〕〔o〕〔ə〕〔e〕〔i〕〔u〕〔y〕。

(2)舌尖元音

另外在漢語當中還有幾個舌尖元音，是世界上其他語族比較少見的，那就是：

A、舌尖後高元音：緊接著漢語捲舌聲母中〔tʂ〕〔tʂ′〕〔ʂ〕〔ʐ〕之後的〔ʅ〕元音。

B、舌尖前高元音：緊接著漢語聲母當中〔ts〕〔ts′〕〔s〕之後的〔ɿ〕元音。

C、舌尖後半低元音：漢語中「而耳二」等字的無聲母捲舌韻，用的就是〔ɚ〕元音。

(3)單元音和複元音

根據元音在同一音節中所出現的多寡而論，又有單元音和複元音的說法，如漢語詞「大」〔ta〕、「米」〔mi〕、「可」〔k′e〕、「古」〔ku〕當中的〔a〕〔i〕〔e〕〔u〕在前四個音節中就是「單元音」；而在漢語詞「高」〔kau〕、「來」〔lai〕、「北」〔pei〕、「家」〔tɕia〕、「官」〔kuan〕當中的〔au〕〔ai〕〔ei〕〔ia〕〔ua〕在前五個音節中就是「複元音」中的「兩合複元音」；又在漢語詞「快」〔k′uai〕、「催」〔ts′uei〕當中的〔uai〕和〔uei〕在前面的兩個音節中，就是屬於「複元音」中的「三合複元音」。

（元音表）

舌高低	舌尖				舌面					
	前		後		前		央		後	
	展	圓	展	圓	展	圓	展	圓	展	圓
高	ɿ	ʮ	ʅ	ʯ	i	y	ɨ	ʉ	ɯ	u
半高高					ɪ	ʏ				ʊ
半 高					e	ø	ɘ	θ	ɤ	o
中					E		ə			
半 低				ɚ	ɛ	œ	ɜ	ɞ	ʌ	ɔ
半低低					æ		ɐ			
低					a		A		ɑ	ɒ

（上欄標目：舌尖或面、舌前後、音標及唇狀、舌高低）

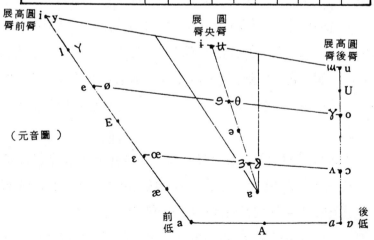

（元音圖）

13.音節（syllable）

若從物理或肌肉運動的角度來看的話，一個音節就是發音時一次胸腔與肺部的搏動。

若從語音的「發音學」角度來看的話，音節的定義卻是指一個「響音峰」（peak of sonority）的語音結構，如：漢語詞「乖」〔kuai〕是一個輔音和三個元音組成的音節，一共包含了四個音素，這四個音素當中以〔a〕為最響，〔a〕是這個音節中的「音峰」；再如：漢語閩南方言中的「黃」〔ŋ〕這個詞，是用一個單獨的舌根鼻音作為一個「音節」的，因為〔ŋ〕是聲帶在振動的一個「響音」，它的「音峰」就在它本身，所以雖是單音素也可算是一個音節。

若從結構上或語音學上來下定義的話，音節就是最小的語音結構單位。漢語的一個字，就是一個音節；日本語則是一個字母為一個音節。通常一個音節可以由好幾個「音素」結合而成，但最少可以少到只有一個音素。漢語是一個音節一個字，歐西語言卻可以一個字包含好幾個音節，於是，分解一個「多音節」的單字，往往就會發生很多劃分上的爭議，這個問題很複雜，此處且不論它。

音節有「開音節」和「閉音節」的不同，一個多音節的詞彙，在元音間的輔音，通常用一個簡易的「VCV」程式來表示：這裏的 V＝任何元音，C＝任何輔音，語音學上對音節界限的劃分，往往是落在 C 成分的發音上，因這裡的間隙最大，音

響最小，但從音位學的角度來看，通常把 C 劃給後一個音節，這種做法所形成 CV 音節，是以元音收尾的（如：漢語「大」〔ta〕，英語「tea」〔ti〕），我們謂之為「開音節」；若我們把 C 歸到前音節去，則就會形成 VC 音節，是元音在前而以輔音收尾的（如：漢語廈門方言「鴨」〔ap〕，英語「at」〔æt〕），那我們就稱之為「閉音節」。

14.讀音（pronunciation）

指語言中的一個特殊層次，相對於「白話音」而言的，也叫做「讀書音」或「文言音」。通常在漢語當中，於朗讀古詩詞或「文言文」時要用的一種發音。

15.語音（colloquial speech sound）

相對於「讀音」「文言音」而言的，通常在漢語當中，無論是說話或寫現代的小說、詩歌，用的都是當代的口語白話，而這種當代的口語白話音就是「語音」。

16.音值（phonetic value）

是指對音素的精確發音而言的，要有真人實事地說話發音，發出他的語言音素應有的精確聲音，這種聲音的值就叫「音值」。因此，只有活的語言才能呈現「音值」，研究古代的語言是找不到古人的「音值」的，頂多只能比對語言資料，藉由現代人的活語音以擬測古人的發音了。

17.聲母（initial of syllable）

「聲母」（initial）是漢語「聲韻學」當中的用語，如果我

們把漢語的一個「音節」寫下來，它就是一個字的音。歷來中國
人對字音的分析，總是把一個字音分成兩個部分：前一部分叫做
「聲」或者「聲母」，如漢字「馬」〔ma〕，其中的〔m-〕就
是「聲母」。「聲」或「聲母」，是「漢語聲韻學」上的概念；
跟現代語音學上的「輔音」（consonants）概念完全不同。因為
「輔音」固然可以用為「聲母」，但它有時也可用作「韻尾」，
如漢字「班」〔pan〕當中的〔-n〕就是韻尾。有時在漢語當中
一個字只有一個元音，或者只有一個元音加一個韻尾的，如
「啊」〔a〕、「安」〔an〕，這種「字音」我們就稱之為「無
聲母」的字音。

事實上，這種分析字音的方法，有時也會遇到困難的，如廈
門話「黃」〔ŋ〕，只用一個「響輔音」來作一個音節，它是集
聲母和韻母於一身的，那你幾乎就無法確定它是「聲母」或是
「韻母」了。當然，這種現象是很少的，我們也不必太在意於
此。

18.**韻母**（final of syllable）

「韻母」（final），也是漢語聲韻學當中的用語，依據漢語
聲韻學的傳統分析字音方法，把每個字音分成兩部分，音節前頭
的輔音就叫「聲」或「聲母」；緊接輔音之後的元音及可能有的
「輔音韻尾」，就叫作「韻」或「韻母」（final），如漢語普通
話「瓜」〔kua〕當中的〔-ua〕、「官」〔kuan〕當中的〔-uan〕，
都是「韻母」。

　　如果把韻母細加分析，則可分為「介音」「主要元音」「韻尾」三部分，漢語普通話的介音是固定地只限於〔i〕〔u〕〔y〕三個高元音，介音也叫「韻頭」；主要元音則是整個音節中最響的一個音素，凡普通話中用得上的元音，都可能是主要元音，在三個音素組成的韻母中，它也被稱為「韻腹」的；韻尾是韻母的最末一個成素，有時是元音，有時是輔音。

19.語音的基本成素（foundation of a element）

　　全世界所有的各民族口頭語言，基本上都是用「元音」和「輔音」所組合成的。因此我們就說：「元音」和「輔音」是語音中的「基本成素」。

20.語音的上加成素（supra segmental，亦稱超音位 archiphoneme）

　　以語音中的每一個成素，來構成語言中各個不同的「辨義單位」，我們稱之為「音位」（phoneme）。前文說「元音」和「輔音」是語音當中的「基本成素」，那麼，除此以外還有沒有其他的辨義因素呢？有的，那是一些超越於「元音」「輔音」基本音質以外的成分，因為這種成素是在基本音質以外的東西，所以我們稱之為「超音質音位」（archiphoneme）；我們可以說：這種成素是「外加的」，或者說是「上加的」，趙元任先生稱其為「語音的上加成素」。茲分述如下：

(1)時位

　　兩個完全相同的元音，因為發音的時間有長短之別，於是就

形成了長短不同的兩個音，因此，我們知道發音時間的長短，也是可以「辨義」的，如：英語「eat」〔i:t〕、「it」〔it〕這兩個字當中的元音發音（美語不同，是〔it〕和〔ɪt〕的不同），在標準英國音裡頭，只在元音長短之別而已；德語「staat」〔sta:t〕、「stadt」〔stat〕兩個字裡頭的元音，也是以長短來辨義的。

(2)量位

加重語句裡的某一字為重音，也是有辨義功能的，這種超音質的辨義音位，我們稱之為量位，如「我吃了」這一短語：

(A)若把「我」字讀得很重，表達的意思是「是我吃了的，不是別人吃的。」

(B)若把「吃」字加重，意思則是「我把它吃掉了，並沒把它丟掉。」

(C)若把「了」字加重，意思就變成了「我已經吃過了，並不是還沒吃。」

(3)調位

以「音高」形成的「單音節聲調」（tone），也可以用來辨別詞彙的意義，這種超音質的音位，我們稱之為「調位」。漢語當中的「媽」「麻」「馬」「罵」，組成這四個字的輔音和元音都是〔ma〕，它們相互間的辨義成分全在「音高」的升降，所以，調位也是一種重要的辨義成分。

漢語普通話的簡易標注符號是：陰平「ー」（通常注音時可

以省略這個符號），陽平「ˊ」，上聲「ˇ」，去聲「ˋ」，輕聲「‧」等五個調號。

(4)**調弧**

「調位」是指單音節語的升降調，「調弧」（contour）則是指整個語句的升降調，在英語的中是稱之為「intonation」的，調弧也是語言當中一種「辨義」的因素。如英語「I don't have any books.」，若我們在說這句話時，把「any」這個字的調弧特別升高的話，就表示「我一本書都沒有」；若我們把「books」這個字的調弧特別升高的話，就只表示「我沒有書」而已。

(5)**音聯**

音聯（juncture）是現代語言學中的一個術語，也是屬於超音質音位的範圍，因為它也有明顯的辨義作用。當一句話完結，下一句話開端的那個中間的間歇，叫做「外開音聯」；一句話當中的一個詞和下一個詞中間的間歇，叫做「內開音聯」；從一個音素到另外一個音素之間的聯續，而沒有上述那種分開現象的，叫做「閉音聯」。「內開音聯」和「閉音聯」的對立，是可以產生「辨義作用」的，例如：英語「a name」和「an aim」的發音是一樣的，只是「音聯」不同而已，意義也就因此而不同了。又如福州話「山人自有妙法」的「山人」〔saŋiŋ〕，和「山與人」的「山，人」〔saŋ，iŋ〕這完全是靠音聯來辨義的，這也是超音質音位的一種，只是多數歸納音位的人沒有留意到它的地

位罷了。

(二)現代漢語的音位系統

1.基本音位系統

(1)元音音位：i、u、y、a、o、ə (ɤ)、e、ï (= ɿ、ʅ)、ɚ。

(2)輔音音位：p、t、k、m、n、ŋ、f、l、x、ç、ʂ、ʐ、s。

2.上加成素音位

(1)送氣與不送氣為兩個音位，送氣符號〔ˊ〕，標在送氣音的右上方。

(2)五個聲調，聲調符號為〔—〕〔ˊ〕〔ˇ〕〔ˋ〕〔‧〕。

3.聲母和韻母系統（注音符號與國際音標對照）

(1)聲母系統

ㄅ〔p〕	ㄆ〔pʼ〕	ㄇ〔m〕	ㄈ〔f〕
ㄉ〔t〕	ㄊ〔tʼ〕	ㄋ〔n〕	ㄌ〔l〕
ㄍ〔k〕	ㄎ〔kʼ〕	ㄏ〔x〕	
ㄐ〔tɕ〕	ㄑ〔tɕʼ〕	ㄒ〔ç〕	
ㄓ〔tʂ〕	ㄔ〔tʂʼ〕	ㄕ〔ʂ〕	ㄖ〔ʐ〕
ㄗ〔ts〕	ㄘ〔tsʼ〕	ㄙ〔s〕	

(2)韻母系統

(A)單韻母

ㄚ〔a〕　ㄛ〔o〕　ㄜ〔ə〕(ɤ)　ㄝ〔e〕

ㄞ〔ai〕　ㄟ〔ei〕　ㄠ〔au〕　ㄡ〔ou〕

ㄢ〔an〕　ㄣ〔ən〕　ㄤ〔aŋ〕　ㄥ〔əŋ〕

帀〔ï〕　（ɿ、ʅ）　　　儿〔ɚ〕

一〔i〕　ㄨ〔u〕　ㄩ〔y〕

(B)結合韻母

〔ia〕〔ie〕〔iau〕〔iou〕〔ian〕〔in〕〔iaŋ〕〔iŋ〕

〔ua〕〔uo〕〔uai〕〔uei〕〔uan〕〔un〕〔uaŋ〕〔uŋ〕

〔ye〕〔yan〕〔yn〕〔yuŋ〕

㈢現代漢語普通話的標音工具（羅馬字母與國際音標對照）

　　現代漢語普通話從明代後期開始，就有人提倡用「羅馬字母」來標注漢字的字音了，若從當時算起，一直到我們今天，至少總有二十套以上的「拼音系統」問世，每一套拼音系統都可以使用，它們相互間的出入也不是很大，比較起來看，是同的多而異的少，效能都在伯仲之間，很難說誰好誰壞。要確切一點兒說的話，你願意用它，用習慣了之後，它就是好的；若不去用它，就根本不懂得用，也根本無從明白它是好是壞。

　　有一點是比較實在的，那就是看哪一套拼音系統是最普及的，通行最廣的，被使用的頻率最高的，我們就可妄加斷語，就可以說它是當今最好的一套拼音系統了。那麼，哪一套拼音系統

是最好的呢？我要說目前被二十億以上人口使用的「漢語拼音」
是最普及的一套拼音系統。自一九七九年中共進入聯合國之後，
即通告全世界各國的政府、社團、學術機構、公關旅遊服務社，
與夫工具書（如「大英百科全書」「大美百科全書書」等）之出
版、改版等等，此後對中國的人名、地名、不能意譯的物件名
等，一概要用「現行的漢語拼音」來拼譯字音。因此之故，我們
這裡所推介出來的就是當今最普及的「漢語拼音」。

按照漢語的習慣，以聲母、韻母、聲調為先後次序的系統列
如下（後附的〔 〕內是國際音標）：

1.聲母系統

B〔p〕　　　p〔p′〕　　　m〔m〕　　　f〔f〕
D〔t〕　　　t〔t′〕　　　n〔n〕　　　l〔l〕
G〔k〕　　　k〔k′〕　　　h〔x〕
J〔tɕ〕　　　q〔tɕ′〕　　　x〔ɕ〕
zh〔tʂ〕　　ch〔tʂ′〕　　sh〔ʂ〕　　　r〔ʐ〕
z〔ts〕　　　c〔ts′〕　　　s〔s〕

2.韻母系統

(1)單韻母

i〔i〕　　u〔u〕　　ü〔y〕

a〔a〕　　o〔o〕　　e〔ə,ɤ〕　　e〔e〕　　i〔ï〕　　er〔ɚ〕

(2)複韻母

ai〔ai〕　　　ei〔ei〕　　　ao〔au〕　　　ou〔ou〕

(3)聲隨韻母

an〔an〕　　en〔ən〕　　ang〔aŋ〕　　eng〔əŋ〕

(4)結合韻母（若是「無聲母」的音節，其起首的 i、u 需改
　　成 y、w）：

ia〔ia〕　io〔io〕　ie〔ie〕　iai〔iai〕　iao〔iau〕　iu〔iou〕

ian〔ian〕　in〔in〕　iang〔iaŋ〕　　ing〔iŋ〕

ua〔ua〕　uo〔uo〕　uai〔uai〕　ui〔uei〕　uan〔uan〕　un〔un〕

uang〔uaŋ〕　　ong〔uŋ〕

ü、v〔y〕　üe〔ye〕　üan〔yan〕　ün〔yn〕　iong〔yuŋ〕

（上列的「i」韻母，在作「介音」用時，讀為「衣」的音；在
作「帀」韻母時，發音隨「ㄓㄔㄕㄖ」和「ㄗㄘㄙ」之後而有不
同的改變，但都是互補而不會衝突的。在打字機上 ü 可用 u 代
替，不必在上頭加兩點，因為它們出現的地方也是互補而不衝突
的，只有與 l、n 打字拼音時，ü 須用 v 代替，以避免困擾。）

3.聲調系統

陰平：ー　　　陽平：ˊ　　　上聲：ˇ

去聲：ˋ　　　輕聲：•

三、語法學

(一)何謂語法

語法（grammar），在中文裡也叫「文法」，是研究人類語言組織規律的一門學問。在古希臘年代，語法是哲學的一個支系，是專門為配合「寫作藝術」而設定的一門學問。到中世紀時，語法被視為是人類語言組織的規則，列為教科書的形式，為人們們指點正確的語言結構規範，而成為教學語言的一門學問。

早期的傳統語法（traditional grammar）是人為製作式的、規定性的（prescriptive），它試圖提供一套強制性的有效規則，給人們說明某種語言必須怎麼說，怎麼寫。當今多數的語法學家都認為語法應該是描寫性的（descriptive），也就是調查、紀錄各民族的語言，描寫出它們們自然形成句子的法則和瞭解語言中自然衍生的組織規範；用這樣的一套資料來學習本族語言或外族語言，而成為教學上臻至完善有價值的工具。這種專為教學目的而制訂的語法，通常名之為「教學語法」（pedagogical grammars），而研究一般語言或特定語言的語法則叫做「科學語法」（scientific grammar）。

以描寫的時代之異來說，語法可分為「同時代的語法」（synchronic）和「通史性的語法」（diachronic），這都是屬於描寫語言之發展的語法。

　　此外，還有「比較語法」（comparative），是專門比較兩種或多種不同的語言結構法則的學問。又有一種根據語言的可見形式來描寫的語法，則名之為「形式語法」（formal grammar），另有一種只根據意義而不管形式的語法描寫，則名之為「哲學語法」或「概念語法」（philosophical or notional grammar）。

　　近年以來，語法研究被看作是語言學中的一個支派，它介乎音韻學（phonology）和語義學（semantics）之間，把形態學（也就是構詞法 morphology）和句法學（syntax）都包涵在內。有些當代的語言學家，甚至把語法視為一切的語言分析（linguistic analysis）理論，如：變換生成語法（transformational-generative grammar）、系統語法（systemic grammar）、語素法（tagmemics）、層次語法（stratificational grammar）等的學者都作這樣的想法。總而言之，在現代的語言學中，語法研究是佔著很重要的地位的。

㈡字和詞

1.字（word or chracter）

　　字，在漢語當中是一種書面語的工具；是書寫系統（writing system）中所使用的代表「詞」或「語素」的書寫符號。漢字是「字」這個名稱的直接源頭；在其他族系的語言中，字可能是一個單詞，或一個最基本的詞素；但無論如何，它不會是拼音的「字母」。（請參看本書前文對「文字」的敘述。）

2.詞（word）

在漢語當中，一個字就是一個詞，每個詞都可單獨使用；在其他的語言中，我們可以說「詞」是表達語言意義的最小單位，但有時也有邊緣情況，如英語中的 the、a，它們幾乎不能單獨使用；法語當中的 je（我），也只能跟動詞連用。因此，給「詞」下一個定義，就顯得很困難了。語言學家把「詞」這一概念，分成幾個層次來說明它的含義：介於停頓之間的是「音位詞」（phonological word）；依據在句子中的位置來確定意義的是「詞素詞」（morphemic word）；而含有具體意義的詞彙項，則是「詞彙詞」（lexical word）。在系統語法（systemic grammar）當中，詞是依據層次等級排列的五個語法單位（即句子、子句、片語、詞、詞素）之一：「詞」這一語法單位處在「詞素」與「片語」之間，也就是說：「詞」由一個或一個以上的「詞素」所組成，而「片語」則由一個或一個以上的「詞」所組成。

3.詞素（morpheme）

是語言意義（具語法功能的）的最小單位，所以也叫「詞位」「語位」或「語素」。漢語書面語所用的「字」，大體上一個字就是一個「詞素」，如「山」「水」「大」「小」是一個字的詞素；但有時也有些例外的，如「琵琶」「傀儡」「霹靂」「蟑螂」卻是兩個字的詞素，它們必須兩字結合，分開了就沒意義了。還有一種不能獨立的詞尾如「桌子」「鋤頭」當中的

「子」和「頭」，和漢語北方官話的「兒化」詞尾，我們只能稱它為「准詞素」。在英語當中，有一種放置在一個詞前面而能改變原詞含義的，如「dis-」「in-」「un-」「pre-」「pro-」等，也是一種不能獨立的「准詞素」。從詞是不是一個獨立單位的觀點來看，像「山」「水」「大」「小」之類的基本單位，我們稱之為「自由詞位」，而那些不同類型的「准詞素」則稱之為「粘著詞位」。

4.片語（phrase or word group）

凡是由兩個以上的實詞所組成的語詞，我們就稱之為「片語」。依詞性的不同，因組合成分之異，可分為「聯合組織」與「偏正組織」「動賓結合」「主謂結合」等不同的種類，如：

「叔伯父母」「兄弟姐妹」是同等級的聯合結構。

「紅花」「綠葉」則是形容詞和名詞的偏正結構。

「愛國家」「保人民」則是動詞和賓詞的結構。

「生意興隆」「身體健康」則是主語和謂語的結構。

若從片語結構的緊密與否來觀察，則有「自由片語」和「固定片語」的不同，例如：

「壯麗山川」是自由結構。這種片語的結構鬆散，是一種任意的結合，甚且可以拆開加入別的語詞，如「壯麗迷人的山川」。

「中華民族」「守株待兔」是固定結構，是不可拆散加字的。

5.詞的種類

(1)名詞（noun）

名詞的這一稱謂，起源於拉丁語的 nomen，這個字的含義，是包括了當今的「體詞」（substantivum）和「形容詞」（adjectivvum）兩個意義的（注：在「名詞」這個稱謂問世之前，「體詞」就是「名詞」）。因為在古代的印歐語當中的拉丁語和希臘語，於某些情況之下，體詞和形容詞的語法地位是相同的；又因形容詞有時可作體詞用，所以其後希臘和羅馬的語法家都把這兩類詞稱為「名詞」（noun），這種現象一直延續到中世紀，才有人把體詞和形容詞分開為二，列為兩種不同的詞類；其中之一稱「形容詞」（adjective），另一則稱「名詞」（noun），也就是現今我們漢語中所用的「名詞」。

凡被稱為名詞的，無論是物品、事件、現象、狀況、行為、關係、特性等等，都必須在語法結構中被視為是「事物」，才可被稱為是名詞，如：「他經理全國的礦務」，「他是電子公司的經理」，前一句中的「經理」是動詞，後一句中的「經理」才是名詞。又如：「春風風人」，句中的前一個風是名詞，後一個風卻是動詞。

(2)代詞（pronoun）

代詞起源於拉丁語的 pronomen，原意是「代替名詞的詞」。所指的方面不同而有許多類別，茲分述如下：

人稱代詞：如「你」、「我」、「他」；反身代詞：如「自

己」；所有格的代詞：如英語的「my」、「your」；受格代詞：如英語的「me」；指示代詞：如「這個」、「那個」；疑問代詞：如「誰」、「何」、「什麼」；性質代詞：如「這樣」、「那樣」；數量代詞：「這些」、「那些」；概括代詞：如「一切」、「全部」；不定事物代詞：如「任何」、「某某」、「多少」等等都是的。

(3)動詞（**verb**）

表示行為在表現、事物在變化、動作在進行，而前面可加副詞修飾的一種詞。有表示動作進行的狀態而在動詞後加「著」、「了」、「過」的：如「他走了」、「他喊著」、「他去過」；有重疊使用的：如「吃吃，喝喝」、「看看，聽聽」、「研究研究」、「想想」、「考慮考慮」；有肯定與否定重疊來發問的：如「去不去」、「要不要」、「做不做」；有及物的動詞：如「打人」、「吃飯」、「作事」；有不及物的動詞：如「風吹」、「水流」、「鳥叫」、「花開」；又有一種屬於表示或存在的，叫一般動詞：如：人不「少」、錢好「多」（其中的「少」和「多」因為在語法上是居於「述語」的地位，所以把它看成是動詞）；還有一種與動詞合用，而表示動詞的某種變化的虛化動詞，叫助動詞：如：我「要」來、他「會」去、他「肯」賣；等等都是的。

(4)形容詞（**adjective**）

形容詞在語法中是專門用作修飾名詞的；如果所修飾的是動

詞或者形容詞（形容詞前可再加形容詞，如：「非常多」、「很
美」），我們就稱之為副詞。須是表示事物的形狀、性質，或者
動作、行為的狀態的，才叫形容詞。如：美麗、勇敢、活潑、偉
大等。有時可以重疊使用，如：清清楚楚、明明白白；常在謂語
的地位出現，如：天氣好、人品高、風景美；也被用作定語（如
「偉大的發明家」）、狀語（如「慢走」）、和補語（如「看得
清楚」）。

(5)副詞（adverb）

用以表示行為、性質和狀態的一種詞。副詞在語句中有狀語
的作用，用來說明動詞、形容詞或其他副詞所表明的行為、性質
或狀態的特徵，因此往往是放置在動詞、形容詞或其他副詞前面
的。其類別為：

(A)說明狀態的：如：「馬上去」（「馬上」是說明「去」的
狀態的，所以是副詞）。

(B)修飾形容詞的：如：「非常醜陋」，英語「very good」
（「非常」和「very」後面都是形容詞）。

(C)以「狀語」作形容詞的，因狀語在句子中的情況不同，又
可分：

    (a)方法副詞：如：「慢慢來」（的「慢慢」），「好好坐」
       （的「好好」）。

    (b)方位副詞：如：「在那邊吃飯」（「在那邊」是狀語副
       詞），「在北方讀書」（「在北方」是狀語副詞）。

(c)時間副詞：如：「上午寫文章」（「上午」是狀語副詞）。

(d)程度副詞：如：「十分困難」、「萬分感激」（「十分」和「萬分」都是狀語副詞）。

(D)副詞化（adverbialization）：利用一個詞或一個短語當作副詞，叫做「副詞化」。如：「他呆在家裡唱歌」（「他呆在家裡」是一個副詞短語）。

(E)副詞子句（adverbial clause）：一個「複句」中有「主句」和「從句」之分，如果其中的「從句」當作副詞來用，就叫做「副詞子句」。如：「他剛剛來就匆匆地走了」（其中「就匆匆地走了」就是副詞子句）。

(F)副詞短語：在句子當中蘊有副詞性質的片語的，就叫副詞短語。如：英語 by the way；on time；in the morning 等都是的。

(6)感嘆詞（interjection）

不是主語、謂語，也不是賓語、定語、狀語，更不是補語；而是一種孤立的，插入句子中表示說話人感情或態度的詞，我們稱之為感嘆詞。在感嘆詞的後面，通常都加感嘆號「！」。常用的感嘆詞如：「啊！」、「啊呀！」、「哎呦！」、「嗨！」、「嗚呼！」等都是的。

(7)介詞（preposition）

介詞是一種使用在名詞、代詞和名稱性片語之前，以表現動作、行為的方向、處所、對象、時間等方面的詞。如：「自」

「從」「由」「當」「把」「被」「由於」「對於」「關於」「打從」等。介詞不能單獨使用，也不可重疊，有人認為是動詞中的一個小類，所以也就有人叫它為「副動詞」。

(8)連詞（conjunction）

又稱「連接詞」。是一種串聯詞和片語或者子句（分句）的詞，它所顯示的串聯關係有兩類：

(A)聯結關係：串連同等級的詞位元，如：「陸地與海洋」、「朋友和親人」，例句中的「與」和「和」就是聯結性的連詞。

(B)正從關係：串連一正一從的兩個短句，如「因為他很勤勞，所以很有成就」，其中的「因為」和「所以」也是一種連詞。

(9)助詞（auxiliary）

助詞是一種「虛詞」，以前人都稱它為「語助詞」的。它的功能在加強事理的說明，把語句中的某一詞義給予特別的強調，使其特別顯明而易於掌握。但助詞本身並不顯示是語句結構中的重點，因其功能之異，可分以下幾個類型：

(A)啟事型：夫、維。

(B)導引型：然、其、豈、爰。

(C)提頓型：者、呀。

(D)收結型：矣、的、了。

(E)連帶型：之、得、著。

若從助詞在語句結構上去看，則以放置位置的不同，而有

「前置」、「中嵌」、「後頓」三種。別有一種表示語法意義的語助詞，是粘附於詞、片語、句子上的，我們也稱之為助詞，計有：

(A)語氣助詞：了、嗎、呢、的、啊、吧。

(B)聯結助詞：的、得、地、底。

(C)時態助詞：了、過、著。

6.詞的結構

早期的漢語詞彙，都以單音節的一個字一個詞為主；到了後代，漸次地蕃衍轉化，以及語言習慣的改變，就慢慢地產生了許多兩個字結合的雙音節詞，甚且更有三個字的、四個字的詞。如：

單字詞：山、水、人、物。

雙字詞：國家、百姓、地理、歷史。

三字以上的詞：渾天儀、山水畫、組織系統、中文大詞典。

凡是二字或二字以上所構成的詞，它們的結合成分，可分為許多不同的類型，茲分述如下：

(1)不同詞性的兩字結合詞

(A)兩名詞結合：電燈、竹林、人民、國家、牛肉。

(B)兩動詞結合：舉行、打倒、出來、發展、分配。

(C)兩形容詞結合：深紅、淺綠、淡黃、美麗、痛苦。

(D)一動詞一名詞結合：算術、作文、產婆、司機、考場。

(E)一名詞一動詞結合：體育、水流、命運、口供、風化。

(F)一形容詞一名詞結合：紅花、黃葉、老人、毒汁、黑心。

(G)一名詞一形容詞結合：口紅、鹽酸、蛋黃、靛青、天藍。

(H)兩意義懸殊的單詞結合：一定、起初、時常、始終、反
正、首尾、彼此、東西。

(I)雙聲詞：蜘蛛、叮噹、乒乓、流離。

(J)疊韻詞：橄欖、嘩啦、鶺鴒、荒唐、葫蘆。

(K)疊詞：家家、戶戶、樣樣、談談、往往、偏偏、常常、吃
吃、喝喝。

(2)兩字結合的詞義類別

(A)同義並列：光明、偉大、廣闊、快樂、美麗、緩慢、奇
異。

(B)反義並列：黑白、始終、反正、輸贏、陰陽。

(C)異義結合：春天、綠葉、花園、大國、老屋。

(D)疊字結合：慢慢、人人、潺潺、時時、往往、白白。

(3)兩字結合的詞性等級重點

(A)同義並列複合，兩詞義等級相同：如：奔走、黑暗、混
濁、清澈、修長、高亢。

(B)異義偏正結合，重點詞義在第二字：如：礦山、鐵礦、紅
花、水井、香氣、污泥。

㈢句子（sentence）

1.短語（phrase）和句子

　　短語不具重要的語法意義，也稱「片語」，在某種不同的情況裡，它根本就是單詞，有時也是不成句子的「詞化詞」，是句子裡的某一小部分。

　　句子是通篇語言中的一個片段，一個句子包含一個完整的語言單位。它有一定的結構規則，它的組成，通常分兩個部分：即主語和謂語。如：「這所學校是去年開辦的」，前述的「這所學校」是主語，是語言表述的標的；「去年開辦的」是謂語，專門用以表述主語的。因用途之異，句子有幾個不同的類型，如：陳述句、感嘆句、祈使句、判斷句、疑問句等是。

2.子句（clause）

　　在系統語法（systemic grammar）結構的五個環節當中，「子句」也是結構裡的一環，它們相互之間是有一定的等級的，最基礎的是「詞素」，依次往上是「詞」「片語」「子句」「句子」。

　　「子句」是句子裡頭的小句，它可以是獨立存在的主要子句（main claose），照樣有主語、有動詞。它也可以是句子裡頭某一部分的附屬子句（subordinate clause），以連接詞與主句相連而成從屬關係。例如：

　　「不管他地位高不高，只要他的人品好，學問好，總是會受

人尊敬的。」

　　這當中的「他受人尊敬」是主要子句，「他的地位高不高」、「他的人品好」、「他的學問好」則是附屬子句。

3.句子的結構

(1)主語（subject）

　　是一個句子裏所要表述的主要標的，也是謂語要述說的對象。一般的情形是，主語一定置於謂語之前，以表示謂語所陳述的是什麼東西，是什麼人物。因此經常用作主語的都是名詞、代名詞；當然，在某種條件下，量詞、動詞、形容詞也是可以用作主語的。如：「一丈等於十尺」、「種田是一種辛苦的工作」、「奢侈是不好的生活方式」等，所以，主語是句子中最重要的成分。

(2)謂語（predicate）

　　(A)謂詞是謂語當中的主導詞，有人稱它為狹義的謂語，如：「他有一個五畝大的庭園」，其中的「庭園」是謂詞；「有一個五畝大的庭園」則是謂語。

　　(B)謂語是句子中表述主語的部分，它要負責描寫、敘述、判別、說明主語的情態、狀況；解答主語「做什麼」、「怎麼樣」、「是什麼」的問題。經常用作謂語的是動詞、形容詞、名詞、以及判斷詞的組合，如：「他想哭」、「花很美」、「祖父是老人」、「他白跑了一趟」等是。

(3)賓語（object；complement）

也稱「賓詞」或「止詞」，是動詞行為動作所及的對象。因為動詞所及的對象有直接（direct）、間接（indirect）之分，所以賓語也有「直接賓語」、「間接賓語」之別。如：「我給他一本書」，這句話中的「書」是動詞「給」的直接對象，所以「書」是直接賓語；「他」是「給」這一動作的間接對象，所以「他」是間接賓語。

另有一個名為「受詞」（object）的，其實也就是「賓詞」，是句子中受動作支配的人或事物，如：「雞吃米」、「貓捉老鼠」，其中的「米」和「老鼠」都是「受詞」。

(4)狀語（adverbial）

狀語基本上就是副詞，在句子中是居次要地位的。是動詞或形容詞的「上加成分」，對動詞或形容詞的狀態予以程度上的制約。如：「下坡要慢慢地走」，其中的「慢慢」就是限定「走」的；又如：「一池惡臭的污水」，其中的「惡」就是限定「臭」的。再如：英語「this man is very handsome」，其中的「very」就是限定形容詞「handsome」的。

(5)定語（attribute）

是一種限定性的形容詞，如：英語「I like his old shoe.」的「old」（我喜歡他的舊鞋），意即「我不喜歡他的新鞋」；這不同於一般表述性的形容詞，如：「this shoe is nice.」的「nice」。

(6)補語（complement）

　　置於動詞或形容詞之後，用以補充說明的詞語，以表示動作或情態、狀況、數量、結果的程度的補助語。如：「打得皮破肉綻的」、「說得很明白」、「傷得厲害」、「美得少見」，其中的「皮破肉綻」、「明白」、「厲害」、「少見」就是補語。有時在動詞謂語或形容詞謂語後面發生補助作用的「次要子句」，也是一種補語，如：「你自己拿個餅吃吧」、「水深得怕人」，其中的「吃」和「怕人」就是補語。

4.句子的種類

　　依據說話人所說的內容和態度之異，通常可分「陳述句」、「感嘆句」、「祈使句」、「判斷句」、「疑問句」五個類型。

(1)陳述句（declarative sentence）

　　又稱直陳句、敘述句。是直接表達某個意思的句子，可以說是說話類型中最普通的一種句子。如：張先生要到北京去做生意。平鋪直敘，普通而平常，無特殊變化。表現在書面語中時，通常句末要用「。」號。

(2)感嘆句（exclamatory）

　　表示驚訝、喜悅、悲哀、興奮、忿怒、感慨等情感性的句子。句子當中常用「怎麼」「多麼」「什麼」等代詞表現訝異，句末有加「啊」、「呀」等詞，特顯訝異的情緒，有時只用一個詞組，配上合宜的語調，把情緒表達出來。如：

　　怎麼這麼厲害呀！

　　這幅畫多麼美呀！

這算是什麼事啊！

感歎句的書面語通常句末要用「！」號。

(3)祈使句（imperative）

凡是要表達命令、催促、請求、告誡等的話語，就用「祈使句」。例如：

向右看齊！

水深危險！

請把茶杯遞給我！

快跑！

句末常用「啊」「呀」「吧」等語氣詞補足，口頭語完全用語音表達，書面語則在句末用「！」號。

(4)判斷句（judgment）

也稱名詞句，指它的組成時，於「謂語」部分是用「名詞」性的成分合成的，句子的用意在說明或判斷「主語」所指稱的事物「是什麼」或「屬於什麼」。如：

我是中國人。

今天是星期日。

有時也可以省掉中間那個「聯結性的動詞」，如：

明天中秋節。

另有一種是利用「有」「無」這類存在性的動詞來連接主語和謂語的，有些文法家特別給它獨立出來，名之為「有無句」，其實那也是「判斷句」的一種。如：

我有錢。

老太太有兒子。

他無能。

(5)疑問句（interrogative）

凡是表示疑問、反問及懷疑性質的語氣，所構成的語句，就是疑問句。如：

晚飯吃過了沒有？

功課做完了沒有？

難道你不能幫他一下嗎？

你是警察吧？

他怎麼還不起床呢？

口頭語除腔調是疑問語氣之外，有時還在句末加一個「嗎」「呢」「吧」之類的語氣詞；書面語則更要在句末加上一個「？」號。

參、參考及引用書目

一、古書

墨翟　春秋末　墨子

左丘明　春秋末　春秋左氏傳（晉杜預注）

列禦寇　戰國　列子

佚名　戰國　鶡冠子

莊周　戰國　莊子

荀卿　戰國　荀子

呂不韋　秦　呂氏春秋

李斯　秦　倉頡篇

劉安　漢　淮南子

王充　漢　論衡

宋衷　漢　世本·作篇（相傳為左丘明作，宋衷注）

司馬遷　漢　史記

焦延壽等　漢　易林

孔安國　漢　古文尚書傳

佚名　漢（緯書）　易緯乾鑿度

佚名　漢（緯書）　孝經援神契

佚名　漢（緯書）　禮緯含文嘉

佚名　漢（緯書）　挺佐輔

佚名　漢（緯書）　春秋說題辭

佚名　漢（緯書）　河圖玉版

史游　漢　急就篇

蔡邕　漢　皇覽篇

班固　東漢　漢書藝文志

鄭玄　東漢　周易鄭玄注

鄭玄　東漢　周禮正義（鄭玄注，唐賈公彥疏）

鄭玄　東漢　禮記正義（鄭玄注，唐孔穎達疏）

許慎　東漢　說文解字

劉熙　東漢　釋名

崔瑗　東漢　草勢

劉珍等　東漢　東觀漢記

劉劭等　三國魏　皇覽（清孫馮翼輯佚）

王弼等　魏　周易正義（王弼、韓康伯等注，唐孔穎達疏）

太康二年出土　晉　竹書記年

皇甫謐　晉　帝王世紀

阮咸　晉　古三墳（偽託古書，阮咸注）

衞恆　晉　四體書勢

索靖　晉　草書狀

楊泉　晉　草書賦

羊欣　晉（後入宋）　采古來能書人名

王愔　晉（後入宋）　古今文字志目

蕭子良　南朝齊　答王僧虔書

蕭衍（武帝）　南朝梁　草書狀

酈道元　北魏　水經注

江式　後魏　論書表

魏徵長孫無忌等　唐　隋書經籍志

張懷瓘　唐　書斷

歐陽詢　唐　藝文類聚

虞世南　唐　北堂書鈔

李善　唐　昭明文選注

杜甫　唐　李潮八分小篆歌

唐元度　唐　論十體書

李鼎祚　唐　周易集解

孔穎達　唐　尚書正義

唐道世　唐　法苑珠林

李昉　宋　太平御覽

宣和年間　宋　宣和書譜

黃伯思　宋　東觀餘論

朱熹　宋　論語集注

劉恕　宋　通鑑外紀

胡一桂　元　十七史纂古通要

趙宧光　明　寒山帚談

段玉裁　清　說文解字注

桂馥　清　說文義證

劉熙載　清　書概

姚際恆　清　古今偽書考

顧炎武　清　日知錄

林勝邦　清　涉史餘撮

嚴如煜　清　苗疆風俗考

陸次雲　清　峒谿纖記

諸匡鼎　清　猺獞傳

方亨咸　清　苗俗記聞

俞樾　清　諸子平義

許地山　清末　文字學研究

王照　清末　官話字母

勞乃宣　清末　京音簡字

章炳麟　清末　文始

二、當代書籍

于省吾　1973　關於古文字研究的若干問題　文物第二期　北京

上海市文物管理委員會　1962　青浦縣崧澤遺址的試掘　考古學

　　　報 62 年第二期　上海

上海市文物管理委員會　1978　馬橋遺址第一、二次發掘　考古
　　學報 78 年第一期　上海

王志俊　1980　關中地區仰韶文化刻劃符號綜述　考古文物第三
　　期　北京

王力　1957　漢語音韻學　中華書局　上海

王力　1962　漢語史稿　科學出版社　上海

王力　1963　漢語音韻　中華書局　上海

王玉川　1955　我的國語論文集　國語日報　臺北

巴爾姆格倫　1934　半山及馬廠隨葬陶器　中國生物志：丁種 3
　　號一冊　北京

中央研究院　1934　城子崖　歷史語言研究所　北平

中央研究院　1956　殷墟器物甲編：陶文考釋　歷史語言研究所
　　臺北

北京科學院　1963　西安半坡考古報告　考古研究所　北京

北京科學院　1965　河南偃師二里頭遺址發掘報告　考古第五期
　　考古研究所　北京

安藤正次（雷通群譯）　1972　言語學大綱　臺灣商務印書館
　　臺北

李孝定　1965　甲骨文集釋　中研院史語所專刊之 50　臺北

李孝定　1968　從史前陶文和有史陶文觀察蠡測中國文字的起源
　　南洋大學學報第三期　新加坡

李孝定　1977　漢字史話　聯經出版公司　臺北

那宗訓　1965　國語發音　開明書局　臺北

林尹　1971　文字學概說　正中書局　臺北

河北文化局文物工作隊　1962　河北省永年縣台口村遺址發掘簡
　　　報　考古 12 期　北京

周同春　1989　漢語語音學　北京師範大學出版社　北京

杭士基（王士元譯）　1966　變換律語法理論　香港大學　香港

哈特曼等（黃長著等譯）　1991　語言與語言學辭典　辭書出版
　　　社　上海

胡樸安　1958　文字學入門　啟明書局　臺北

施昕更　1938　良渚　西湖博物館　杭州

陝西文物管理委員會　1956　長安張家坡西周遺址的重要發現
　　　文物參考資料第三期　北京

孫善德　1965　青島市郊發現新石器時代和殷周遺址　考古第 9
　　　期　北京

袁家驊等　1960　漢語方言概要　文字改革出版社　上海

黃沛榮　1989　當代轉注說的一個趨向　中央研究院第二屆國際
　　　學術研討會論文集　臺北

唐蘭　1957　在甲骨金文中所見一種已經遺失的中國古代文字
　　　考古第 2 期　北京

唐蘭　1965　中國文字學　太平書局　香港

高鴻縉　1964　中國字例　國立臺灣師範大學　臺北

高明　1990　中國古文字學通論　北京大學　北京

許世瑛　1979　中國文法講話　開明書局　臺北

張迅齊　1967　中國現代語法發凡　芭蕉夜雨堂　臺北

張政烺　1980　試釋周初青銅器銘文中的易卦　考古第 4 期　北京

張政烺　1984　帛書六十四卦跋　文物第三期　北京

張政烺　1985　殷墟甲骨文所見的一種筮卦　文史第 24 輯　北京

張光裕　1981　從新出土材料重新探索中國文字的起源及其相關問題　香港大學學報 12 期　香港

陳新雄等　1988　語言學辭典　三民書局　臺北

陳煒湛　1978　漢字起源試論　中山大學學報社科版 1 期　廣州

國語統一籌備委員會　1920　國音字典　國語會　北平

國語統一籌備委員會　1932　請教育部公佈國音常用字彙　國語會　北平

郭沫若　1972　古代文字之辨證的發展　考古第 3 期　北京

郭寶鈞　1951　1950 年春殷墟發掘報告　考古第 5 期　北京

華學涑　1912　華夏文字變遷表

葉蜚聲等　1996　語言學綱要　書林出版公司　臺北

湖南師院　1980　現代漢語語法基礎知識　湖南師院中文系　長沙

湯廷池　1982　國語變形語法研究　臺灣學生書局　臺北

楊秀芳　1982　閩南語文白系統的研究　臺灣大學博士論文

臺北

楊斐君　2007　漢語羅馬拼音史實沿革之研究　東吳大學碩士論
　　　文　臺北

董作賓（嚴一萍輯）　1977　董作賓全集　藝文印書館　臺北

董同龢　1954　中國語音史　中華文化出版事業委員會　臺北

董同龢　1957　語言學大綱　中華叢書編審委員會　臺北

趙元任　1959　語言問題　臺灣大學文學院叢刊　臺北

蔣伯潛　1946　文字學纂要　正中書局　上海

劉師培　1919　小學發微　劉申叔先生遺書　北京

鄭錦全　1977　語言學　臺灣學生書局　臺北

龍宇純　1972　中國文字學　臺灣學生書局　臺北

謝國平　1985　語言學概論　三民書局　臺北

謝雲飛　1963　中國文字學通論　臺灣學生書局　臺北

謝雲飛　1977　文學與音律　東大圖書公司　臺北

謝雲飛　1986　語音學大綱　臺灣學生書局　臺北

謝雲飛　1987　中國聲韻學大綱　臺灣學生書局　臺北

謝雲飛　1992a　原始文字及其中的一些數字組　第三屆中國文
　　　字學國際學術會　臺北

謝雲飛　1992b　六書假借的新觀點　中華學苑 42：1-10　臺北

謝雲飛　1993　國語中的超音段成素　國立政治大學學報 65：
　　　1-11　臺北

謝雲飛　1996　中國文字教學講義大綱　中國文化大學推廣部

臺北

謝雲飛　2008　語文論述集(上下)　翠湖詩社　臺北

謝雲飛　2008　英語自然發音　翠湖詩社　臺北

羅常培　1930a　廈門音系　中央研究院史語所單刊 4　古亭書
　　　屋　臺北

羅常培　1930b　耶穌會士在音韻上的貢獻　中央研究院史語所
　　　集刊第一本第三分　北平

戴璉璋　1988　出土文物對易學研究的貢獻　國文天地 1988 年
　　　2 月版　臺北

羅肇錦　1990　國語學　五南圖書公司　臺北

三、外文書籍

Chang, Kun（張琨）　1971　Wenchow Historical Phonology　中
　　　研院民族所集刊 32：13-76　臺北

Chao, Yuan-ren（趙元任）　1929　Tone and Intonation in Chinese
　　　中研院史語所集刊四卷二分　臺北

Chao, Yuan-ren（趙元任）　1930　A System of Tone-Letter　Le
　　　Maittre phonetque 45：24-27

Chomsky, Noam & Morris Halle　1968　The Sound Patten of
　　　Eglish　Harper and Row

Hashmoto, Mantaro（橋本萬太郎）　1960　A Contribution to the
　　　Study of Chinese Phonology　Transactions of the

international Conference of Orientalists in Japan 5：26-32

Wang, William S-Y（王士元） 1967 Phonological Features of Tone International Journal of American Linguistics 33·2：93-105

Yang, Paul Fu-mien（楊福綿） 1967 Elements of Hakka Dialectology Monumeta Serica 26：305-351

附　錄

謝雲飛及其學術著作、
學經歷、年表小史及學術著述

學歷：

　國立臺灣師範大學中國文學碩士（1957.08-59.07）

　國立臺灣師範大學中國文學學士（1950.08-54.07）

　中華民國陸軍官校預備軍官第三期（1954.08-55.07）

　浙江省立杭州師範學校（1944.08-48.07）

經歷：

　國立政治大學正教授（1987.08-98.02）

　韓國成均館大學交換教授（1986.08-87.07）

　國立政治大學正教授（1981.08-86.07）

　國立政治大學客座教授（1979.08-81.07）

　新加坡南洋大學教授（1967.05-79.08）

　新加坡南洋大學研究院院士（1971.03-79.08）

　國立政治大學正教授（1965.08-67.07）

　國立政治大學副教授（1962.08-65.07）

國立政治大學專任講師（1959.08-62.07）

臺灣省立新竹高級中學教師（1955.08-57.08）

兼任職務：

全國大學聯考命題及入闈委員

考試院典試委員、候選考試委員

文化大學教授

東吳大學教授

教育部國語推行委員

教育部學術審議委員

僑務委員會特任歐洲區中文教師巡迴指導教授

軍法學校兼任教授

青年日報專欄作者

中國語文月刊專欄作者

西雅圖翠湖詩社副社長

參與社團：

中華民國人文學社：幹事、理事、社長

中華民國孔孟學會：會員

中華民國文字學會：監事、理事

中華民國聲韻學會：監事、理事

中華民國訓詁學會：監事、理事

新加坡新社：社員、理事

美國西雅圖翠湖詩社副社長

個人小史：

1929：己巳年農曆二月十二日出生於浙江麗水碧湖後山之大隴村。

1936：二月，隨祖父謝作楨至松陽縣少槎村之少槎小學開始讀書（祖父為前清秀才，時任少槎小學校長）。

1937：二月，祖父受聘為麗水縣保定村之植基小學任校長，余亦轉至植基小學繼續讀書。

1940：七月，初小畢業，八月入保定高級小學就讀。

1942：三月，日寇侵入麗水，學校停辦，輟學在家。

1943：七月，轉學進入設立於碧湖鎮之「浙江省立臨時聯合師範學校附屬小學」繼續學業。次年七月，畢業於聯師附小。八月，考入浙江省立臨時聯合師範學校簡易師範科就讀。

1946：二月，聯師遷至杭州，恢復原名為「浙江省立杭州師範學校」，余隨校至杭州繼續學業。

1948：七月，杭師畢業。八月，受聘至浙江杭縣五杭鎮中心國民學校任教。

1949：二月，隨叔父謝賚新至臺灣觀光，蒙鄉先輩陳誠之推介，進入新竹縣大園鄉之埔心國民學校任教。七月，叔

父在宜蘭為余填報戶口，將余之出生年月日誤報為民國二十二年一月十四日。

1950：八月，考入臺灣省立師範學院國文系就讀。入學時學歷證書中之年齡與身分證年齡不同，註冊主任告以：改變身分證年齡須層轉內政部核准，手續至為麻煩，不如牽就身分證年齡。由本大學改變學歷年齡以配合身分證年齡，易辦而不麻煩。余同意其說而至降低四歲。

1954：七月，師院畢業，取得文學學士。八月，入陸軍官校，接受預備軍官訓練。

1955：七月，預備軍官結業，授少尉階。八月，受聘為臺灣省立新竹中學高中二年級甲班導師及國文教師。

1957：八月，考入臺灣省立師範大學國文研究所就讀。

1959：七月，獲臺灣師範大學文學碩士學位。八月，受聘為國立政治大學中文系專任講師。

1962：八月，升任為國立政治大學中文系專任副教授。

1965：八月，升任為國立政治大學中文系專任正教授。

1967：五月，應聘新加坡南洋大學中文系為專任教授。

1979：八月，南洋大學停辦，返回國立政治大學任歸國學人客座教授及校長室機要主任秘書，並兼任中國文化大學中文系教授。

1981：八月，改聘為國立政治大學中文系正教授。文化大學兼任教授。

1986：八月，任韓國成均館大學交換教授。

1987：八月，回任國立政治政治大學中文系專任教授。文化大
　　　學兼任教授。

1988：八月，受聘擔任僑委會歐洲區華文教師進修會巡迴指導
　　　教授，於慕尼黑為五十餘中外華文教師授「中國文字
　　　學」、「中國語言學」、「中國文化史」課程。

1993：除原政大專任及指導博士若干人外，又應聘東吳大學兼
　　　任「語音學」、「聲韻學」課程。

1998：二月，教職退休，僑居美國西雅圖。

學術著作：

一、論文

1.　中學生研究文字學之指導法，臺灣省教育輔導月刊，頁 20-
　　22，1957.01，臺北。

2.　中學作文教學與指導，華僑教育月刊，2 卷 3 期，頁 39-
　　41，1958.02，臺北。

3.　韻語的選用與欣賞，華僑教育月刊，2 卷 8 期，頁 11-14，
　　1958.07，臺北。

4.　如何自國語中辨四聲，夜聲雜誌，7 期，1963.05，臺北。

5.　譚西遊記寓意，文海雜誌，3 期，1963.05，臺北。

6.　談新與舊，孔孟月刊，2 卷 2 期，頁 8-10，1963.10，臺

北。

7.　有關古音的一些有趣問題，螢光雜誌，8 期，1963.11，臺北。

8.　俗字探原，夜聲雜誌，8 期，1964.01，臺北。

9.　音訓的流弊，螢光雜誌，10 期，1964.03，臺北。

10.　略說史記的殘缺與補竄，大學文藝，2 期，1964.05，臺北。

11.　語文的時間性，師大校友月刊，民 53 年 8 月號，1964.08，臺北。

12.　孔學之境界，文海雜誌，5 期，頁 9-12，1965.01，臺北。

13.　訓詁與修辭，文海雜誌，8 期，1966.01，臺北。

14.　通常產生錯別字的原因，螢光雜誌，11 期，1965.01，臺北。

15.　再談錯別字，螢光雜誌，13-14 期合刊，1965.05，臺北。

16.　七音略之作者及成書，文海雜誌，9 期，1966.05，臺北。

17.　說文訓詁之得失，學粹，8 卷 6 期，1966.10，臺北。

18.　國父思想與三達德，孔孟月刊，4 卷 2 期，頁 16-18，1966.10，臺北。

19.　談李義山的無題詩，文海雜誌，10 期，1967.02，臺北。

20.　切韻指掌圖與四聲等子之成書年代考，學粹，9 卷 1 期，頁 12-17，1968.03，臺北。

21.　韻圖歸字與等韻門法，南洋大學學報，2 期，頁 119-136，1968.03，新加坡。

22. 談新加坡的華語問題，新加坡廣播電臺，分 5 次播出，1968.07-08，新加坡。

23. 佛經傳譯對中國音韻學之影響，貝葉雜誌，3 期，1968.12，新加坡。

24. 韓非子論利，南洋大學學報，3 期，頁 83-97，1969.03，新加坡。

25. 紅樓夢與佛學空性，貝葉雜誌，4 期，1969.12，新加坡。

26. 自諧聲中考匣紐古讀，南洋大學學報，4 期，頁 1-22，1970.03，新加坡。

27. 新加坡華語的殊異部分，新社學報，3 期，頁 1-26，1970.03，新加坡。

28. 中國語音的上古聲調問題，淡江大學漢學論文集，1 期，頁 123-158，1970.11，臺北。

29. 十二轉聲釋義，貝葉雜誌，5 期，1970.12，新加坡。

30. 語言的社會意義，新社季刊，3 卷 2 期，頁 18-25，1970.12，新加坡。

31. 研究中國文字的新途徑，南洋商報新年特刊，71 年號，1971.01，新加坡。

32. 漢語音韻的實用功能，星洲日報新年特刊，71 年號，1971.01，新加坡。

33. 華語注音的各式音標之比較，新社季刊，3 卷 3 期，頁 43-48，1971.03，新加坡。

34. 史記韓非傳疏證，新社學報，4 期，頁 1-9，1971.03，新加坡。

35. 黃季剛先生上古音學說之論定，南洋大學學報，5 期，頁 38-48，1971.03，新加坡。

36. 漢語的聲調，新社季刊，3 卷 4 期，頁 38-45，1971.06，新加坡。

37. 夢溪筆談之篇卷與版本，書目季刊，6 卷 1 期，頁 11-17，1971.09，臺北。

38. 漢語音韻字母源流，南洋大學學報，6 期，頁 94-107，1972.03，新加坡。

39. 漢字標音簡史，南洋商報新年特刊，71 年度，1973.01，新加坡。

40. 語言音律與文學音律的分析研究，南洋大學學報，7 期，頁 44-55，1973.03，新加坡。

41. 佛學之基本觀念，貝葉雜誌 6 期，1972.12，新加坡。

42. 空理淺探，貝葉雜誌，7 期，1973.12，新加坡。

43. 金尼閣西儒耳目資析論，南洋大學學報，8、9 期合刊，頁 66-83，1975.12，新加坡。

44. 從音律的觀點看詩歌（上），南洋商報星期專刊，8 日號，1974.12，新加坡。

45. 從音律的觀點看詩歌（下），南洋商報星期專刊，15 日號，1974.12，新加坡。

46. 學習語言與適度的認識語言，新社季刊，5 卷 4 期，頁 18-25，1974.12，新加坡。

47. 念誦佛號的真義，貝葉雜誌，8 期，1974.12，新加坡。

48. 華語的標準問題，南洋大學華語中心專刊，1 期，頁 1-13，1975.05，新加坡。

49. 華語的標準問題答穆佑先生，星洲日報文化特刊，18 日號，1975.06，新加坡。

50. 華語語音與華文教學，華文教師會論文集（73 年集稿，遲出版），3 期，頁 56-68，1976，新加坡。

51. 從字音的觀點看學習漢字的難易，南洋大學人文研究所專刊，30 號，頁 1-14，1976.05，新加坡。

52. 孤兒詩及其他十六首韻語析評，南洋大學人文研究所專刊，48 號，頁 1-25，1976.10，新加坡。

53. 中國佛教十一宗之道學根源，貝葉雜誌 9 期，1976.12，新加坡。

54. 法苑珠林論孝，貝葉雜誌，10 期，1977.12，新加坡。

55. 從文鏡秘府論中看平仄律的形成，師大國文所潘石禪七十壽誕論文集，頁 217-234，1977.03，臺北。

56. 詞的用韻，南洋大學人文研究所專刊，99 號，頁 1-18，1977.12，新加坡。

57. 語文音律的教學問題，華文教師會論文集，4 期，頁 32-43，1978，新加坡。

58. 如何利用中文工具書，華文教師會論文集，5 期，頁 41-53，1978，新加坡。

59. 作品朗誦與文學音律，中國學術年刊，2 期，頁 249-264，1978.06，臺北。

60. 俗傳二十四孝探源，中國學術年刊，3 期，頁 85-107，1979.08，臺北。

61. 音律文學的立體化，中央日報文史專刊，6 日號，1979.11，臺北。

62. 文學用語的傳統，中央日報文史專刊，2 日號，1980.04，臺北。

63. 語音成素與文學音律，政大中文系漢學論文集，2 期，頁 141-152，1983.12，臺北。

64. 詩歌中的超概念境界，文化大學中國文學學報，18-19 期合刊，頁 15-21，1984.05，臺北。

65. 四聲與平仄，文化大學企管學刊，1 期，頁 153-158，1984.06，臺北。

66. 華語調值變遷初探，世界華文教學研討會論文集，305-314，1984.12，臺北。

67. 關於無我之境，中央日報文學評論專刊，21 日號，1985.03，臺北。

68. 論詩詞中的清虛境界，文化大學中國文學學報，20 期，頁 1-5，1985.05，臺北。

69. 中國文學之藝術性表現手法初探，中國學術年刊，7 期，頁 115-147，1985.06，臺北。

70. 閩南語輕脣音音值商榷，師大劉白如校長七十壽誕論文集，頁 1323-1348，1985.06，臺北。

71. 國語同位音試析，教育部國語會語文教育論文專輯，頁 1-25，1986.02，臺北。

72. 五四與新文學運動，國魂雜誌，286 期，頁 50-54，1986.05，臺北。

73. 中古明微二字母之音值再擬測，中央研究院第 2 屆國際漢學會議論文集，頁 1-32，1986.12，臺北。

74. 語音在詩律中的運用，韓國中央大學第一屆國際漢學會議論文集，頁 1-15，1987.06，漢城。

75. 詩歌的基本律則，文化大學「木鐸」，12 期，頁 27-39，1988.03，臺北。

76. 漢字在中古漢語與現代韓語中之音讀比較，董作賓老師九五冥誕紀念論文集，頁 120-139，1988.04，臺北。

77. 麗水西鄉方言的音位，中華學苑，38 期，頁 1-68，1989.04，臺北。

78. 漢字在近代漢語與現代韓語中之音讀比較，高師院國文所高仲華師八十壽誕論文集，頁 77-104，1988.04，高雄。

79. 如何發揮語文學習的功能，教育部人文社會教育研究專集，教育電臺播出，頁 1-12，1988.08，臺北。

80. 韓非子的科學思想研究，中華學苑，37 期，頁 35-54，1988.10，臺北。

81. 治學經驗談，高師院中文所學術演講專集，頁 1-25，1988.01，高雄。

82. 國語的音位及辨音徵性之分析，世界華文教學研討會論文集，頁 1-14，1988.12，臺北。

83. 韓非子的教育思想，沈亦真先生八十壽誕論文集，三民書局出版，頁 222-234，1989.03，臺北。

84. 麗水西鄉方言詞匯，第七屆國際聲韻學術研討會宣讀，頁 1-110，1989.04，臺北。

85. 麗水方言與閩南方言的聲韻比較研究，聲韻論叢，3 輯，臺灣學生書局，頁 333-380，1990.05，臺北。

86. 從說文讀若中考東漢聲類，政大漢代學術研討會論文集，頁 577-615，1990.06，臺北。

87. 管子思想的現代意義，中華學苑，40 期，頁 69-88，1990.08，臺北。

88. 大一國文之教材教法改革研究，教育部人文社會科「教育專題研究」，3 輯，頁 141-168，1991.08，臺北。

89. 語言與人類的關係，中國語文雜誌，401 號，頁 19-23，1990.11，臺北。

90. 有趣的語言音義關係，中國語文雜誌，402 號，頁 16-19，1990.12，臺北。

91. 如何在大陸推行正體字，中國語文雜誌，403 號，頁 12-15，1991.01，臺北。

92. 語言的特性，中國語文雜誌，404 號，頁 7-10，1991.02，臺北。

93. 西方學者對中文的偏見，中國語文雜誌，405 號，頁 7-10，1991.03，臺北。

94. 六書假借的新觀點，中國文字學會學術研討會宣讀，頁 1-14，1991.03，臺北。

95. 皮黃科班正音初探，政大學報，64 期，頁 1-33，1992.03，臺北。

96. 國語中的超音段成素，政大學報，66 期，頁 1-13，1993.03，臺北。

97. 松陽方言的音位，政大學報，68 期，頁 1-40，1994.03，臺北。

98. 新語言學理論中的音位學，中國語文，406 號，頁 7-10，1991.04，臺北。

99. 音位中的同位音和分音，中國語文，407 號，頁 7-10，1991.05，臺北。

100. 同位音的特性，中國語文，408 號，頁 7-1，1991.06，臺北。

101. 同位音的變體和辨義形態，中國語文，409 號，1991.07，臺北。

102. 語言的音律，中國語文，410 號，頁 8-12，1991.08，臺北。

103. 語言音律的必要性，中國語文，411 號，頁 16-20，1991.09，臺北。

104. 音長與文學音律，中國語文，412 號，頁 20-24，1991.10，臺北。

105. 音勢與文學音律，中國語文，413 號，頁 14-18，1991.11，臺北。

106. 音高與文學音律，中國語文，414 號，頁 7-10，1991.12，臺北。

107. 易爻與原始文字，政大文理學院文史哲學術研討會宣讀，頁 1-22，1991.12，臺北。

108. 音色與文學音律，中國語文，415 號，頁 7-11，1992.01，臺北。

109. 如何審辨平仄聲（上），中國語文，416 號，頁 7-12，1992.02，臺北。

110. 如何審辨平仄聲（下），中國語文，417 號，頁 7-10，1992.03，臺北。

111. 原始文字及其中的一些數字組，1992 年第二屆中國文字學術研討會宣讀，頁 1-17，1992.03，臺北。

112. 論語言的衍變，中國語文，418 號，頁 14-18，1992.04，臺北。

113. 語言的音變趨勢，中國語文，419 號，頁 14-17，1992.05，臺北。

114. 音變的過程，中國語文，420 號，頁 10-13，1992.06，臺北。

115. 語音衍變的規律，中國語文，421 號，頁 10-14，1992.07，臺北。

116. 語音衍變中的同化作用，中國語文，422 號，頁 11-14，1992.08，臺北。

117. 語音衍變中的異化作用，中國語文，423 號，頁 14-18，1992.09，臺北。

118. 語音衍變中的換位作用，中國語文，424 號，頁 14-16，1992.10，臺北。

119. 濁音清化與清音濁化，中國語文，425 號，頁 14-18，1992.11，臺北。

120. 語音變化中的顎化作用，中國語文，426 號，頁 10-13，1992.12，臺北。

121. 語音變化中的弱化作用，中國語文，427 號，頁 7-10，1993.01，臺北。

122. 語音衍變中的類推作用，中國語文，428 號，頁 15-18，1993.02，臺北。

123. 語言譯音中的替代作用，中國語文，429 號，頁 12-15，1993.03，臺北。

124. 一般語言中的超音段成素，中國語文，430 號，頁 12-16，1993.04，臺北。

125. 音長形成的超音段成素，中國語文，431 號，頁 16-20，1993.05，臺北。

126. 音勢形成的超音段成素，中國語文，432 號，頁 15-19，1993.06，臺北。

127. 音高形成的超音段成素，中國語文，433 號，頁 12-17，1993.07，臺北。

128. 音聯形成的超音段成素，中國語文，434 號，頁 10-14，1993.08，臺北。

129. 漢語的聲調，中國語文，435 號，頁 12-16，1993.09，臺北。

130. 國語兒化詞尾的組合衍變，中國語文，436 號。頁 11-16，1993.10，臺北。

131. 調類和調值，中國語文，437 號，頁 11-15，1993.11，臺北。

132. 國語中的超音段成素，政大學報，66 期，頁 1-11，1993.03，臺北。

133. 呂叔湘先生與臺灣的語言學術，語文建設，42 期，頁 27-29，1993.12，香港。

134. 如何標示和紀錄調值，中國語文，438 號，頁 11-18，1993.12，臺北。

135. 聲調如何分陰陽，中國語文，439 號，頁 12-16，1994.01，臺北。

136. 談詩歌聲調的二元化，中國語文，440 號，頁 17-22，1994.02，臺北。

137. 中古漢語與現代國語的聲調關係，中國語文，441 號，頁 24-28，1994.03，臺北。

138. 上古漢語的聲調，中國語文，442 號，頁 14-19，1994.04，臺北。

139. 古四聲不分說，中國語文，443 號，頁 12-18，1994.05，臺北。

140. 古有兩聲說，中國語文，444 號，頁 18-23，1994.06，臺北。

141. 關於國語音的依據，中國語文，445 號，頁 30-36，1994.07，臺北。

142. 古有四聲說，中國語文，446 號，頁 15-20，1994.08，臺北。

143. 古有五聲說，中國語文，447 號頁 13-18，1994.09，臺北。

144. 四聲八調與八調不全，中國語文，448 號，頁 32-38，1994.10，臺北。

145. 從方言看上古漢語的聲調，中國語文，449 號，頁 23-27，1994.11，臺北。

146. 周秦漢語有四個調類，中國語文，450 號，頁 12-15，

1994.12，臺北。

147. 上古有四聲但不同於後代，中國語文，451 號，頁 13-17，1995.01，臺北。

148. 語言聲調的起因，中國語文，452 號，頁 14-18，1995.02，臺北。

149. 何謂羅馬字拼音（上），中國語文，453 號，頁 11-15，1995.03，臺北。

150. 何謂羅馬字拼音（中），中國語文，454 號，頁 15-20，1995.04，臺北。

151. 何謂羅馬字拼音（下），中國語文，455 號。頁 15-20，1995.05，臺北。

152. 羅馬字拼音字母的音值（上），中國語文，456 號，頁 17-21，1995.06，臺北。

153. 羅馬字拼音字母的音值（下），中國語文，457 號，頁 14-18，1995.07，臺北。

154. 語音的發展方式（上），中國語文，458 號，頁 12-16，1995.08，臺北。

155. 語音的發展方式（中），中國語文，459 號，頁 11-15，1995.09，臺北。

156. 語音的發展方式（下），中國語文，460 號，頁 10-15，1995.10，臺北。

157. 從韓非子的「術」探討現代的人事管理，國科會專題研究報

告，頁 1-85，1995.10，臺北。

158. 漢語輔音的自然變化（上），中國語文，461 號，頁 13-17，1995.11，臺北。

159. 漢語輔音的自然變化（中），中國語文，462 號，頁 43-48，1995.12，臺北。

160. 漢語輔音的自然變化（下），中國語文，463 號，頁 17-22，1996.01，臺北。

161. 漢語韻母中的元音變化，中國語文，464 號，頁 15-20，1996.02，臺北。

162. 漢語韻母中的元音鼻化，中國語文，465 號，頁 16-20，1996.03，臺北。

163. 漢語韻母的結構變化（1），中國語文，466 號，頁 11-16，1996.04，臺北。

164. 漢語韻母的結構變化（2），中國語文，467 號，頁 17-23，1996.05，臺北。

165. 漢語韻母的結構變化（3），中國語文，468 號，頁 15-20，1996.06，臺北。

166. 漢語韻母的結構變化（4），中國語文，469 號，頁 21-25，1996.07，臺北。

167. 不同時代的韻語稱謂，中國語文，470 號，頁 24-28，1996.08，臺北。

168. 韓非子思想在現代領導理論的涵義探討，國科會專題研究報

告，頁 1-120，1996.7，臺北。

169. 漢語的上古韻部（1），中國語文，471 號，頁 13-17，1996.9，臺北。

170. 漢語的上古韻部（2），中國語文，472 號，頁 20-24，1996.10，臺北。

171. 漢語的上古韻部（3），中國語文，473 號，頁 23-28，1996.11，臺北。

172. 漢語的上古韻部（4），中國語文，474 號，頁 12-16，1996.12，臺北。

173. 漢語的上古韻部（5），中國語文，475 號，頁 22-26，1997.1，臺北。

174. 漢語的上古韻部（6），中國語文，476 號，頁 11-15，1997.2，臺北。

175. 漢語的上古韻部（7），中國語文，477 號，頁 14-18，1997.3，臺北。

176. 漢語的上古韻部（8），中國語文，478 號，頁 12-17，1997.4，臺北。

177. 漢語的上古韻部（9），中國語文，479 號，頁 17-22，1997.5，臺北。

178. 漢語的上古韻部（10），中國語文，480 號，頁 11-15，1997.6，臺北。

179. 漢語的上古韻部（11），中國語文，481 號，頁 10-14，

1997.7，臺北。

180. 漢語的上古韻部（12），中國語文，482 號，頁 11-15，
1997.8，臺北。

181. 漢語的上古韻部（13），中國語文，483 號，頁 10-15，
1997.9，臺北。

182. 漢語的上古韻部（14），中國語文，484 號，頁 11-17，
1997.10，臺北。

183. 漢語的上古韻部（15），中國語文，485 號，頁 7-12，
1997.11，臺北。

184. 漢語的上古韻部（16），中國語文，486 號，頁 7-13，
1997.12，臺北。

185. 漢語的上古聲母（1），中國語文，487 號，頁 16-21，
1998.1，臺北。

186. 漢語的上古聲母（2），中國語文，488 號，頁 7-12，
1998.2，臺北。

187. 漢語的上古聲母（3），中國語文，489 號，頁 7-13，
1998.3，臺北。

188. 漢語的上古聲母（4），中國語文，490 號，頁 21-26，
1998.4，臺北。

189. 漢語的上古聲母（5），中國語文，491 號，頁 13-19，
1998.5，臺北。

190. 漢語的上古聲母（6），中國語文，492 號，頁 8-14，

1998.6，臺北。

191. 漢語的上古聲母（7），中國語文，493 號，頁 8-15，1998.7，臺北。

192. 漢語的上古聲母（8），中國語文，494 號，頁 11-16，1998.8，臺北。

193. 漢語的上古聲母（9），中國語文，495 號，頁 7-12，1998.9，臺北。

194. 日常說話中的贅語，中國語文，496 號，頁 7-14，1998.10，臺北。

195. 朗讀比賽的講評，中國語文，497 號，頁 10-17，1998.11，臺北。

196. 日韓語言中的漢語，中國語文，498 號，頁 9-16，1998.12，臺北。

197. 如何向不同背景的學生教華語語音，華文世界，90 期，頁 8-14，1998.12，臺北。

198. 論尖團字音，中國語文，499 號，頁 19-27，1999.1，臺北。

199.「做」「作」二字音義辨解，中國語文，500 號，頁 9-16，1999.2，臺北。

200. 反切標音論述（1），中國語文，501 號，頁 39-46，1999.3，臺北。

201. 反切標音論述（2），中國語文，502 號，頁 8-14，

1999.4，臺北。

202. 反切標音論述（3），中國語文，503 號，頁 11-16，
1999.5，臺北。

203. 反切標音論述（4），中國語文，504 號，頁 11-18，
1999.6，臺北。

204. 反切標音論述（5），中國語文，505 號，頁 8-16，
1999.7，臺北。

205. 反切標音論述（6），中國語文，506 號，頁 8-13，
1999.8，臺北。

206. 反切標音論述（7），中國語文，507 號，頁 14-19，
1999.9，臺北。

207. 反切標音論述（8），中國語文，508 號，頁 7-13，
1999.10，臺北。

208. 反切標音論述（9），中國語文，508 號，頁 7-12，
1999.11，臺北。

209. 反切標音論述（10），中國語文，510 號，頁 8-15，
1999.12，臺北。

210. 再論漢語羅馬字拼音（上），中國語文，513 號，頁 8-12，
2000.3，臺北。

211. 再論漢語羅馬字拼音（中），中國語文，514 號，頁 11-
16，2000.4，臺北。

212. 再論漢語羅馬字拼音（下），中國語文，515 號，頁 7-13，

2000.5，臺北。

213. 幾個語言名稱的說明，中國語文，516 號，頁 10-15，
2000.6，臺北。

214. 橫式信封與郵遞區號（上），中國語文，517 號，頁 7-14，
2000.7，臺北。

215. 橫式信封與郵遞區號（下），中國語文，518 號，頁 7-14，
2000.8，臺北。

216. 漢語歷史語音研究的分期問題（1），中國語文，519 號，
頁 7-12，2000.9，臺北。

217. 漢語歷史語音研究的分期問題（2），中國語文，520 號，
頁 7-13，2000.10，臺北。

218. 漢語歷史語音研究的分期問題（3），中國語文，521 號，
頁 7-12，2000.11，臺北。

219. 漢語歷史語音研究的分期問題（4），中國語文，523 號，
頁 8-14，2001.1，臺北。

220. 漢語歷史語音研究的分期問題（5），中國語文，525 號，
頁 8-15，2001.3，臺北。

221. 莊子「量無窮，時無止，分無常，終始無故」衍義，鵝湖月
刊 401 號，頁 17-22，2008、11，臺北。

二、研討會宣讀論文

1.   說文訓詁之得失，中國文字學會年會學術論文宣讀（學粹 8

卷 6 期），頁 27-30，1965.03，臺北。

2. 談新加坡的華語問題，新加坡廣播電臺（分 5 次播出），頁 1-30，1968.07，新加坡。

3. 華語的標準問題，南洋大學華語中心學術研討宣讀，1975.05，新加坡。

4. 華語語音與華文教學，新加坡華文教師會年會學術宣讀，1973.06，新加坡。

5. 從字音的觀點看學習漢字的難易，南洋大學人文研究所學術研討宣讀，1976.05，新加坡。

6. 作品朗誦與文學音律，南洋大學人文研究所學術研討宣讀，1977.06，新加坡。

7. 語文音律的教學問題，新加坡華文教師會年會學術宣讀，1978.06，新加坡。

8. 語音成素與文學音律，政大中文系學術研討會宣讀，1982.11，臺北。

9. 華語調值變遷初探，世界華文教學研討會宣讀，1984.12，臺北。

10. 閩南語輕脣音音值商榷，第二屆全國聲韻學術研討會宣讀，1984.11，臺北。

11. 中古明微二字母之音值再擬測，中央研究院第二屆國際漢學會宣讀，1986.12，臺北。

12. 語音在詩律中的運用，韓國中央大學第一屆國際漢學會議宣

讀，1987.06，漢城。

13. 麗水西鄉方言的音位，中華民國聲韻學會第六屆國際學術研討會宣讀，1988.04，高雄。

14. 如何發揮語文學習的功能，教育部教育電臺播出，1988.08，臺北。

15. 治學經驗談，國立高雄師院國文研究所學術演講，1988.01，高雄。

16. 國語的音位及辨音徵性之分析，第二屆世界華文教學研討會宣讀，1988.12，臺北。

17. 管子思想的現代意義，國際管子學術研討會宣讀，1988.11，山東淄博。

18. 麗水西鄉方言詞匯，第七屆國際聲韻學研討會宣讀，頁 1-110，1989.04，臺北。

19. 麗水方言與閩南方言的聲韻比較研究，第八屆國際聲韻學研討會宣讀，1990.04，臺北。

20. 從說文讀若考東漢聲類，政大主辦漢代學術研討會宣讀，1990.06，臺北。

21. 六書假借的新觀點，國立高師大主辦民國 80 年度全國文字學會宣讀，1991.03，高雄。

22. 皮黃科班正音初探，第九屆國際聲韻學討論會宣讀，1991.05，臺北。

23. 國語中的超音段成素，91 年全美華文教師年會宣讀，

1991.11，紐約。

24. 松陽方言的音位，第十屆國際聲韻學討論會宣讀，1992.05，高雄。

25. 兩套重要音標的比較研究，許世瑛先生 90 冥誕學術研討會論文集，頁 265-283，1999.04，臺北。

三、專書（筠扉堂全集）

1. 經典釋文異音聲類考，臺師大國文研究所專刊，124 頁，1960，臺北。

2. 劉熙釋名音訓疏證，國科會補助專刊，160 頁，1961，臺北。

3. 韻鏡與切韻指掌圖之比較研究，國科會補助專刊，136 頁，1963，臺北。

4. 中國文字學通論，臺灣學生書局，400 頁，1963，臺北。

5. 四聲等子與切韻指掌圖之比較研究，國科會補助專刊，202 頁，1964 臺北。

6. 七音略與四聲等子之比較研究，國科會補助專刊，212 頁，1965，臺北。

7. 明顯四聲等韻圖之研究，國科會 1966 年補助（臺師大國研所出版），100 頁，1968，臺北。

8. 爾雅義訓釋例，國科會 1962 年補助（華岡叢書委員會出版），170 頁，1969，臺北。

9. 音學十論，霧峰出版社，122 頁，1971，臺中。

10. 中國聲韻學大綱，蘭臺書局，341 頁，1971，臺北。

11. 白兔記與東南亞華人地方戲，南洋大學亞洲文化研究中心出版，170 頁，1972，臺北。

12. 語音學大綱，蘭臺書局，188 頁，1974，臺北。

13. 中文工具書指引，蘭臺書局，500 頁，1974，臺北。

14. 文學與音律，東大圖書公司，125 頁，1978，臺北。

15. 韓非子析論，東大圖書公司，200 頁，1980，臺北。

16. 管子析論，臺灣學生書局，261 頁，1983，臺北。

17. 家國情，翠湖詩社，150 頁，1989，臺北。

18. 麗水西鄉方言詞匯，國科會補助專刊，110 頁，1990，臺北。

19. 謝氏大隴支派宗譜，作者自刊，68 頁，1991，臺北。

20. 烏無屋，正中書局，254 頁，1992，臺北。

21. 筠扉堂吟艸（一），翠湖詩社，77 頁，1995，臺北。

22. 從韓非子的「術」探討現代的人事管理，國科會補助專刊，84 頁，1995，臺北。

23. 韓非子思想在現代領導理論的涵義探討，國科會補助專刊，120 頁，1996，臺北。

24. 新竹縣誌政事誌「社會事業篇」，新竹縣政府，324 頁，1999，新竹。

25. 筠扉堂吟艸（二），翠湖詩社，60 頁，2001，臺北。

26. 筠扉堂吟艸（三），翠湖詩社，82頁，2001，臺北。

27. 筠扉堂吟艸（四），翠湖詩社，140頁，2002，臺北。

28. 謝雲飛及其學術著述，翠湖詩社，29頁，2002，臺北。

29. 筠扉堂吟艸（五），翠湖詩社，89頁，2002，臺北。

30. 筠扉堂吟艸（六），翠湖詩社，70頁，2004，臺北。

31. 筠扉堂吟艸（七），翠湖詩社，40頁，2005，臺北。

32. 回首今生，翠湖詩社，350頁，2005，臺北。

33. 重修謝氏大隴支派宗譜，翠湖詩社，95頁，2006，臺北。

34. 我與湘玲，翠湖詩社，345頁，2006，臺北。

35. 文藝散文，翠湖詩湖，300頁，2007，臺北。

36. 家國情，翠湖詩社，345頁，2007，臺北。

37. 茶餘閒說，翠湖詩社，290頁，2007，臺北。

38. 文學論述，翠湖詩社，150頁，2007，臺北。

39. 文言短稿（內附「雜談小文」「殘餘剪報」），翠湖詩社，150頁，2007，臺北。

40. 五四論述，翠湖詩社，145頁，2007，臺北。

41. 專題論述，翠湖詩社，150頁，2007，臺北。

42. 筠扉堂詩存，翠湖詩社，300頁，2008，臺北。

43. 閒居雜感，翠湖詩社，84頁，2008，臺北。

44. 英語自然發音，翠湖詩社，62頁，2008，臺北。

45. 語文論述集（上），翠湖詩社，300頁，2008，臺北。

46. 語文論述集（下），翠湖詩社，573頁，2008，臺北。

47. 聖經詩意，翠湖詩社，85 頁，2010，臺北。

48. 漢語語言學，臺灣學生書局，196 頁，2011，臺北。

四、合著書

1. 荷槍者，幼獅出版社，120 頁，1954，臺北。

2. 四大傳奇與東南亞華人地方戲，南洋大學亞洲文化研究所出版，170 頁，1972，新加坡。

3. 中文大辭典，中國文化研究所出版，40 巨冊，1968，臺北。

4. 大辭典，三民書局，6190 頁，3 巨冊，1985，臺北。

5. 新辭典，三民書局，2604 頁，1989，臺北。

國家圖書館出版品預行編目資料

漢語語言學

謝雲飛著. – 初版. – 臺北市：臺灣學生，2011.10
面；公分

ISBN 978-957-15-1541-0 (平裝)

1. 漢語教學　2. 語言學

802.03　　　　　　　　　　　　　　100017012

漢語語言學 (全一冊)

著　作　者：謝　　　　雲　　　　飛
出　版　者：臺 灣 學 生 書 局 有 限 公 司
發　行　人：楊　　　　雲　　　　龍
發　行　所：臺 灣 學 生 書 局 有 限 公 司
　　　　　　臺北市和平東路一段七十五巷十一號
　　　　　　郵 政 劃 撥 帳 號：00024668
　　　　　　電　話　：(02)23928185
　　　　　　傳　眞　：(02)23928105
　　　　　　E-mail：student.book@msa.hinet.net
　　　　　　http：//www.studentbook.com.tw
本 書 局 登
記 證 字 號：行政院新聞局局版北市業字第玖捌壹號
印　刷　所：長 欣 印 刷 企 業 社
　　　　　　新北市中和區永和路三六三巷四二號
　　　　　　電　話　：(02)22268853

定價：新臺幣二六〇元

西　元　二　〇　一　一　年　十　月　初　版

臺灣 學生書局 出版

中國語文叢刊